Mein Traummann ist ein ...

Sweta Wachtel

© 2021 Sweta Wachtel
Herstellung und Verlag: BoD – Books on
Demand, Norderstedt
ISBN: 978-3-7534-5314-9

Noch einmal in den Spiegel schauen. Wow, sehe ich anziehend aus. Ich würde direkt mit mir ausgehen und im Bett landen und eine Familie gründen und zusammen ganz alt werden. Einfach alles. Wieso denken die Männer auch nicht so? Wieso hört es nach dem Sex wieder auf? Ich möchte mehr! Ich möchte eine Familie, einen Mann dem ich alles erzählen kann, mit dem wir unseren Urlaub planen können und uns die Namen unserer Kinder zusammen aussuchen können. Ich möchte mit ihm ein Häuschen kaufen oder sogar bauen. Mit einem richtigen Mann an meiner Seite bin ich für alles bereit. Aber vielleicht habe ich heute Glück. Vielleicht finde ich heute meinen Traummann.

Ich finde, ich sehe echt scharf aus. Ich tue auch viel für meine Figur, indem ich drei mal die Woche ins Fitnessstudio gehe. Eigentlich fing ich an dort hin zu gehen in der Hoffnung, dass ich da meinen Traummann kennen lerne. Aber irgendwie hat es bis heute nicht geklappt. Viele Männer sind zu sehr trainiert, so etwas gefehlt mir nicht. Die, die mir gefallen würden sind entweder vergeben oder sind schwul. Oder es gibt auch welche, die für mich zu alt sind. Ich bin auch nicht mehr die jüngste. Ich bin 32 Jahre alt, aber mehr als fünf Jahre Altersabstand möchte ich auch nicht haben. Er muss älter sein. Jünger als ich macht mich auch nicht so an. Dann muss ich die ganze Zeit daran denken wie alt ich schon war als er geboren wurde.

Ich wünsche mir schon sehr lange eine Familie, irgendwann muss doch der Richtige kommen! Vielleicht klingelt auch schon meine innere Fruchtbarkeitsuhr, da ich schon über dreißig bin. Ich weiß nicht ob es einen perfekten Alter gibt um eine Familie zu gründen. Wenn man die ältere Generation hört, dann sagen sie:<< Oh mein Gott, sie hat mit achtzehn schon ein Kind bekommen, das ist doch viel zu früh, sie ist selbst noch ein Kind. >> Oder bei mir sagen sie: <<Was?, du bist schon über dreißig, in deinem Alter hatte ich schon drei Kinder.>> Diese Worte machen mir es auch nicht leichter. Da weiß man dann auch nicht welches Alter dann das Richtige ist um eine Familie zu gründen.

Ich möchte sehr gerne ein Baby, aber irgendwie klappt es mit dem Mann nicht so. Um Sex zu haben, da habe ich gar keine Probleme einen Mann zu finden, da stehen die Männer schlange. Aber ich möchte es mit meinem Mann, mit dem Richtigen das alles erleben, der es auch so gerne möchte wie ich.

Plötzlich klingelt es an der Tür. Oh, ich bin wieder in meinen Gedanken versunken. Meine beste Freundin Rebecca holt mich ab und wir gehen, wie jedes Wochenende in eine nahegelegene Bar um unseren Traummann zu finden. Sie für eine Nacht und ich für mein ganzes Leben.

Noch einen kurzen Blick in den Spiegel. Leicht gelockte blonde Haare, roter Paillettentop, ich liebe rot, kurzer schwarzer Lederrock und natürlich schwarze High Heels dazu. Richtig heiß diese Kombi. Und auf geht's. Mit einem freudigem Lächeln umarme ich meine Freundin. Ich freue mich immer sie zu sehen. Wir sind seit dem Kindergarten beste Freundinnen. Ich finde Rebecca echt hübsch. Das finden auch viele Männer. Sie wird richtig verehrt. Wenn sie wollen würde könnte sie schon längst heiraten, so viele Heiratsanträge wie sie schon bekommen hat. Aber sie möchte das Singleleben noch etwas geniesen. Rebecca ist etwas kleiner als ich. Ich bin laut Ausweis 170 cm groß. Rebecca hat auch die gleiche Haarlänge wie ich. Wir lieben unsere Haare, nur dass sie rotblonde und ich blonde Haare habe.

Ihr Kleidungsstil gefällt mir, sie trägt fast das Gleiche wie ich, nur von einer berühmten Marke. Ihre Eltern haben seit Jahren eine erfolgreiche Firma, dadurch muss sie auf ihr Geld gar nicht achten. Aber das war mir immer egal. Ich war nie neidisch. Das Geld was ich hatte reichte mir immer aus. Wir reden nie über Geld, jeder macht mit seinem Geld das, was er will. Wir verstehen uns menschlich voll gut, können richtig gut miteinander reden und das ist auch das wichtigste an einer Freundschaft.

„Hier" Rebecca holte zwei kleine Sektfalschen aus ihrer Tasche und reichte mir eine. „Auf uns, dass heute jeder das bekommt, was er sich wünscht!", sagte Rebecca und trank alles aufeinmal aus ihrer Sektfalsche. Ich guckte sie ganz geschockt an, da wir noch nie vorgetrunken haben und tat es ihr nach. Ich hatte das Gefühl, dass das Alkohol direkt in meinen Kopf schoss und ich mich direkt betrunken fühlte.

Rebecca nahm mir die Flasche aus der Hand und warf sie in den Mülleimer am Straßenrand. Danach streckte sie mir ihre Hand aus. Ich griff nach ihr und wir gingen gemeinsam zu der Bar, die sich nur zwei Straßen von meiner Wohnung befand.

Ich erzählte Rebecca, dass ich nur noch Montag und Dienstag arbeiten muss und danach zwei Wochen Sommerurlaub habe und noch nichts geplant habe. Rebecca sagte, dass sie nächste Woche mit ihren Eltern auf eine Geschäftsreise fährt und wir daher nächstes Wochenende nicht zusammen in die Bar gehen können. Ich war etwas enttäuscht aber dachte dann, dass ich vielleicht meine Eltern und meine beiden Brüder wieder besuchen kann. Das habe ich auch schon länger nicht gemacht.

In der Bar angekommen nahmen wir an der Theke Platz. Da waren gerade noch zwei Barhocker frei. Die Bar war voll. Es spielte laute Musik. In der Bar war es richtig warm, da wir Ende Juli haben und draußen um die 30 Grad sind. Es roch nach Alkohol und Schweiß. Eigentlich nicht so eine tolle Kombi um seine freie Zeit zu verbringen, aber wir wollten Singlemänner kennen lernen und daher war der Rest egal.

Ich sah mich im Raum nach einem Unbekanntem um. Viele Pärchen tanzten so nah umschlungen miteinander, dass man schon fast sagen möchte „Nimmt euch ein Zimmer". In einer Ecke saß ein Pärchen und knutschte ganz wild miteinander herum. Die Beine des Mädchens lagen auf seinen Schenkeln und seine Hand streichelte ihren Po. Ich wurde einbisschen neidisch auf die Beiden. Am liebsten würde ich so mit meinem Traummann da sitzen wollen und knutschen und dann sollen alle anderen auf uns neidisch gucken. Leider sah ich niemanden, der mir unbekannt war. Es waren fast immer nur die gleichen Männer da, die jedes Wochenende hier anzutreffen sind. Die waren viel zu alt für mich. Das machte mich traurig. Doch ich hoffte trotzdem, dass gleich ein sehr sympathischer Mann rein kommt und wir uns ineinander verlieben.

Plötzlich kam ein hübschaussender junger

Mann hinter dem Tresen, der uns immer bedient, auf uns zu und holte mich aus meinen Träumen und Gedanken heraus. Er sagte mit einem Lächeln im Gesicht und einem Augenzwinkern:" Na wieder auf Männerjagt". Rebecca sagte nur:"Ja, du bist ja leider schon vergeben. Machst du uns bitte zwei Bier?" Plötzlich streichelt mir jemand meine rechte Schulter. Ich schaute hoch und da stand Micha und lächelte mich an. „Na Mädels, alles gut bei euch?"

Er ist eigentlich gar nicht mein Typ, er ist blond, nur ein paar cm größer als ich. Mit meinen High Heels bin ich größer als er. Sein Körperbau gefällt mir auch nicht so sehr. Er ist nämlich ganz schlank und hat kaum Muskeln. Ich liebe etwas muskulösere Männer.

Am Anfang, als wir uns hier kennen gelernt haben und das erste Mal miteinander geschlafen haben, dachte ich, dass wir zusammen sein werden. Da war schon eine Verliebtheit da. Er war immer richtig nett zu mir. Aber er hat mir gleich gesagt, dass er mich heiß findet, aber nie eine feste Beziehung haben möchte. Er möchte eine offene Beziehung führen. Es gibt so viele schöne Frauen, da möchte er sich nichts entgehen lassen. Doch das ist nicht die Vorstellung von einer Beziehung, die ich habe. Daher, wenn ich mal wieder Lust auf Sex habe, dann schlafen wir miteinander in seinem Auto. Es ist etwas unbequem aber machbar.

Plötzlich wurde der Platz neben mir frei und Micha setzte sich daneben und fing mit seiner Hand mein Oberschenkel sanft und langsam nach oben zu streicheln. „Na, gehen wir in mein Auto. Ich habe es extra nicht weit von der Bar geparkt," flüsterte er mir zu. „Nein Micha, heute habe ich keine Lust." „Schade, aber wenn du es dir anders überlegst, dann weist du wo du mich findest." Er stand auf und verschwand in der tanzen Menschenmenge.

Ich trank ein Schluck von meinem Bier und beobachtete weiter die Menschen. Ich schaute immer wieder Richtung Tür mit der Hoffnung das mein Traummann gleich rein kommt.

Rebecca unterhielt sich während dessen schon mit einem gut aussehenden Mann, aber er war um einiges älter als sie. Sie stand auf solche Männer. Sie will einen Mann haben, der schon alles besitzt, dass sie sich um nichts kümmern muss.

Sie drehte sich zu mir um, gab mir einen Kuss auf die Wange und sagte, dass sie sich morgen bei mir meldet. Dann ist sie mit dem Mann aus der Bar raus gegangen. Es ging so schnell, dass ich gar nichts erwidern konnte. Jetzt sitze ich wieder ganz alleine da. So, wie fast jedes mal. Wenn ein Mann kommt und mir Sex anbietet, dann nehme ich oft an, da ich mich einsam fühle. Doch am nächsten Morgen geht er direkt nach dem Frühstück oder legt mir ein Brief auf mein Tisch, wo drauf steht, dass es schön war. Keine Nummer und nichts anderes steht drauf. Aber heute will ich so etwas nicht, es nervt schon. Ich will endlich meinen Traummann finden und keinen anderen. Mit niemand anderem mehr schlafen. Es befriedigt mich nicht mehr.

Ich trank mein Bier leer und ging zur Toilette. Plötzlich hörte ich wie jemand vor Lust stöhnte. Ich hörte eine Frauen- und eine Männerstimme. Da hatte jemand auf der Damentoilette Sex. Wahrscheinlich die, die in der Ecke so wild rumgeknutscht haben. Ich habe die schon länger nicht mehr gesehen.

Auf der Toilette würde ich niemals Sex haben. Lieber im Auto. Auf der Toilette finde ich es etwas unhygienisch und ungemütlich.

Durch das ganze Gestöhne hat mich die Lust gepackt und ich wollte auf der Stelle mit jemandem treiben. Ich brauche jetzt die Befriedigung sonst werde ich noch schlechter gelaunt sein als ich eh schon bin.

Ich ging schnell aus der Damentoilette raus, den Gang entlang in die Bar und sah Micha, wie er sich gerade mit einem Mädchen unterhielt. Ich lief mit schnellen Schritten auf ihn zu, packte ihn am Arm und zog ihn hinter mich her. „Oh Baby, hast du es so eilig? Ich bin auch schon ganz scharf auf dich," sagte Micha zu mir grinsend. Er legte seine Hand auf mein Po und wir gingen zusammen zu seinem Auto. Es war ein silberner VW Kombi. Schon etwas älter, aber dafür genug Platz hinten. Ich habe Micha schon paar Mal vorgeschlagen zu mir zu gehen. Aber es machte ihn an im Auto Sex zu haben.

Micha schloss die hintere Tür auf und ließ mich als Erste rein. Selber stieg er auf der anderen Seite ein. Er schloss das Auto von innen ab und legte seine Schlüssel und meine Tasche auf den Fahrersitz. Wir setzten uns auf der Hinterbank gegenüber. Mich kam mir ganz nah, ich konnte seinen heißen Atem an meiner Backe spüren. Er legte ganz sanft meine Haare zur Seite und fing langsam an mein Hals zu küssen. Währenddessen machte er sein Gürtel und seine Hose auf, holte sein Penis heraus, nahm meine Hand und legte sie auf sein Glied. Dabei stöhnte er an meinem Hals und ich spüre seinen heißen Atem. Jetzt packte mich noch mehr die Lust und ich wollte ihn schon in mir spüren. Ich rieb mit meiner Hand immer schneller und schneller an seinem Penis hoch und runter. Er stöhnte und sagte:"Du bist so heiß Carla." Micha fing an mein Rock hoch zu ziehen. Ich hob mein Po etwas an um es Micha leichter zu machen. Er streifte mein Rock ganz hoch und streichelte meine Oberschenkel.

Dabei zog sich bei mir alles zusammen, ich bekam eine Gänsehaut und spüre wie feucht ich wurde. Micha streifte mein Slip runter. Dann holte er aus seiner Hosentasche einen Kondom, gab in mir und zog seine Hose komplett aus. Ich zog das Kondom auf seinen steifen Penis drüber.

Ich nehme zwar die Pille aber verhüte trotzdem noch mit einem Kondom. Dadurch fühle ich mich sauberer. Ich habe auch immer Kondome in meiner Handtasche dabei, falls der Mann keine dabei hat. Ich bestehe immer darauf, dass wir mit Kondom verhüten. Mein Wunsch ist es nur mit meinem Traummann ohne Kondom zu schlafen. Ihn komplett zu spüren. Micha setzte sich richtig auf den Sitz und zog mich auf sich drauf. Sein steifer Penis drang ganz langsam in mich hinein und dabei stöhne ich laut auf. Ich bewegte mich auf ihm hoch und runter, dabei hebte er mich mit seinen Händen an meinen Hüften und stöhnte. Meine Arme lagen auf seinen Schultern. Plötzlich fing er an sich zu bewegen. Er bewegte seine Hüften immer schneller und schneller. Wir stöhnen beide und plötzlich kam er in mir. Er legte sein Gesicht auf meine Brust und küsste sie paar mal ganz sanft. Ich legte mein Kopf auf seine Schulter und umarmte ihn. Wir haben uns kein einziges Mal geküsst. Ganz am Anfang, als wir uns kennen gelernt haben, kam es mal vor,

dass wir uns geküsst haben, aber dann hat Micha gesagt, dass er das gar nicht mag. Er küsst lieber mein Körper und nicht meinen Mund. Ich habe es akzeptiert und nicht mehr angesprochen. Aber eigentlich finde ich es voll schön und befriedigend wenn man sich küsst. Micha guckte mich an und sagte:"Carla, du bist so heiß. Das war echt schön, danke." Ich nickte nur. Da ich nichts darauf antworten konnte. Ich verspürte plötzlich eine Trauer in meinem Bauch. Ich war zwar sexuell befriedigt, aber mir fehlte das kuscheln und küssen dazu und einfach danach miteinander einzuschlafen. Ich wurde richtig traurig. Ich stand von Micha auf, setzte mich daneben und fing mich an anzuziehen. Micha tat das Gleiche. Als Micha und ich angezogen waren, machte er die Tür auf und stieg als erster aus dem Auto heraus und hielt mir die Tür auf. Er umarmte mich und sagte:" Bis zum nächsten Mal, Tschüss Carla." „Tschüss," antwortete ich nur.
Mein Mund war ganz trocken und ich fühlte, dass ich kurz vorm weinen war. Ich fühlte mich einfach nur einsam.
Es war dunkel draußen und überall leuchteten die Straßenlaternen. Ich lief die Straße entlang in Richtung nach Hause. Ich fühlte mich so kraftlos, so einsam und müde. Da sah ich eine Bank unter einer beleuchteten Straßenlaterne stehen und setzte mich hin. Ich zog meine

Beine zu mir ran und legte mein Gesicht in meine Hände und auf mein Schoss und ließ meine Tränen laufen.

„Geht es Ihnen gut?" hörte ich eine nette Männerstimme. Ich schaute hoch und da stand er. Wow, so etwas schönes habe ich noch nie gesehen. Ich konnte gar nichts antworten, ich starrte ihn nur an. Er fragte mich noch mal, ob er mir irgendwie helfen kann. Da erschrak ich und merkte, dass ich ihn nur angestarrt habe. Ich antwortete schnell:"Nein, danke. Alles gut." Er lächelte mich an, sagte:"Okay" und ging.

Als ich zu mir kam, dachte ich, wieso ich nicht nach seinem Namen oder Handynummer gefragt habe. Ich ärgerte mich so richtig über mich. Wieso musste er mich gerade in so einem Zustand sehen? Wieso ist er nicht in die Bar zur Tür rein gekommen, so wie ich es mir vorgestellt habe oder im Fitnessstudio? Wieso treffe ich einen wunderschönen Mann ausgerechnet dann wenn ich mich so mies fühle und so fürchterlich und verweint aussehe? Was macht er eigentlich um die Uhrzeit hier? Er ist in Richtung Bar gegangen. Vielleicht kann ich ihn da treffen. Ich holte schnell ein Spiegel und ein Taschentuch aus meiner Tasche heraus. Wischte meine verschmierte Wimperntusche aus dem Gesicht und trug einen roten Lippenstift auf meine Lippen auf und lief schnell zu der Bar. Die Bar war schon halb leer. Ich schaute mich in der Bar um, guckte in jede Ecke. Nichts, er war nirgends zu sehen. Enttäuscht ging ich wieder aus der Bar raus und lief nach Hause.

Als ich zu Hause ankam, setzte ich mich auf mein graues Sofa. Ich liebte dieses Sofa. Den haben wir zusammen mit meinen Eltern ausgesucht und sie haben es mir zum Einzug geschenkt. Er ist richtig groß und hat auch eine Schlaffunktion. Wenn Rebecca bei mir übernachtet, dann ziehen wir das Sofa auseinander und machen gemütliche Pyjamapartys.

Ich holte mein Handy aus der Tasche und schaute auf mein Display. Keine einzige Nachricht und kein verpasster Anruf. Es ist 3 Uhr morgens. Jetzt spüre ich wieder die Müdigkeit und merke, dass ich langsam Kopfschmerzen bekomme. Ja, langsam merke ich, dass ich keine achtzehn mehr bin, wo wir bis späten morgen nicht geschlafen haben und nur Party machten und dazu noch viel Alkohol getrunken haben.

Ich schrieb noch schnell Rebecca, dass ich wieder zu Hause bin und dass es mir gut geht und fragte, wie es ihr geht und dass sie sich morgen bei mir unbedingt melden soll.

Danach ging ich ins Badezimmer, putzte meine Zähne und befreite mein Gesicht von der ganzen Schminke. Eigentlich war ich viel zu müde und erschöpft um duschen zu gehen. Doch plötzlich fiel mir ein, dass ich mit Micha geschlafen habe. Dabei fühlte ich mich plötzlich dreckig. Darum zwang ich mich schnell unter die Dusche zu springen. Ich ließ heißes Wasser über mein Rücken laufen und das fühlte sich gut an. Plötzlich erschien der Unbekannte wieder in meinen Gedanken. Wie hübsch er war. Ich will ihn unbedingt wieder sehen. Wieso habe ich ihn nicht früher getroffen? Warum habe ich kaum ein Wort raus gebracht? Ich hätte ihn fragen sollen wie er heißt oder vielleicht sogar nach seiner Handynummer fragen oder einfach ein Treffen vorschlagen. Sonst bin ich ja auch nicht redescheu. Es ärgert mich richtig. Ich habe noch mehr Kopfschmerzen bekommen. Also duschte ich schnell zu Ende und zog mein warmes, kuscheliges rosa Lieblingspyjama an. Meine nassen Haare habe ich zu einem Dutt zusammen gebunden und legte mich ins Bett. Ich schlief direkt ein.

Um zwölf Uhr weckte mich das Klingeln meines Handys. Es war Samstag. Ich schaute auf mein Handy und da zeigte es an, dass meine Mama mich anruft. „Hallo Mama, wie geht es dir?". Ich habe ein richtig gutes Verhältnis zu meinen Eltern und zu meinen Brüdern. Wir treffen uns so oft es geht und gerne miteinander. Wir können über alles reden. Ich bin so froh, dass sie nie danach fragen ob ich schon einen Freund hab und mir keine Vorwürfe und Druck machen, dass ich noch keine Kinder habe. Ich glaube, dass sie mit den drei Enkelkindern von meinen Brüdern gut beschäftigt sind. Mein älterer Bruder ist zwei Jahre älter als ich und hat schon zwei Jungs. Ich liebe die Beiden und freue mich immer auf sie. Ich liebe es wie sie zu mir angesprungen kommen und mir um den Hals fallen. Mir kommen fast immer die Tränen. Ich denke dann, dass ich das auch gerne möchte, mich um meine Babys zu kümmern. Mein jüngerer Bruder ist nur ein Jahr jünger als ich. Er hat vor kurzem eine süße Tochter bekommen. Wenn ich sie sehe, dann schmelze ich dahin. Wie süß und liebevoll Kinder sind. Mit ihnen macht es so viel Spaß etwas zu unternehmen und die Zeit verfliegt wie im Fluge.

„Hallo Carla, Liebes. Uns geht es zum Glück gut. Ich hoffe dir geht es auch gut und ich hoffe ich habe dich nicht geweckt?" „ Ja Mam, mir geht es gut. Ich habe zwar noch geschlafen, aber es macht nichts. Ich muss sowieso aufstehen und mein Haushalt wieder auf Vordermann bringen. Gestern war ich mit Rebecca etwas feiern und es wurde etwas spät, daher habe ich heute noch etwas länger geschlafen."

„Das ist doch in Ordnung Liebes, es ist

Wochenende, da kannst du ruhig ausschlafen. Wieso ich eigentlich anrufe, ist, dass Oma ihren 80 Geburtstag nächstes Wochenende feiert und ich wollte dich daran erinnern und dir einen Vorschlag machen. Oma und Opa fragen dich jedes Mal über dein Privatleben aus. Das magst du ja nicht so besonders. Meine Idee ist es, dass du einen Freund von dir fragst, ob er mit kommt zu Omas Geburtstag und du ihn als deinen Freund vorstellst. Dann werden sie bestimmt über Kinder, dein Alter und dass du zu viel arbeitest anstatt dich um einen Mann zu kümmern nichts mehr sagen. Was meinst du dazu?"

„Ich finde die Idee nicht schlecht, aber ich muss darüber nachdenken. Mein Problem ist, dass ich erst jemanden finden muss, der das mitmacht und ihn darauf vorbereiten. Ich lasse es mir durch den Kopf gehen. Ah, und ich habe eventuell vor etwas früher zu kommen und paar Tage bis Omas Geburtstag bei euch zu bleiben. Ich habe nämlich ab nächster Woche Urlaub. Weist du was, ich vermisse euch, meine Brüder und meine Neffen sehr und freue mich schon auf euch. Aber ich sage dir noch mal genau Bescheid. Ich liebe dich Mama und richte an Papa einen lieben Gruß."

„Ich dich auch meine Liebe. Wir werden uns freuen wenn du kommst und die Jungs fragen auch sehr oft nach dir. Die werden sich auch riesig freuen. Schönen Tag dir noch liebes. Tschüss meine Maus."

„Euch auch einen schönen Tag. Tschüss Mama". Dann legte ich auf. Meine Mama hat immer super Ideen. Meine Eltern versuchen mir und meinen Brüdern immer zu helfen.

Ich habe jetzt echt gut geschlafen und trotzdem fühle ich mich noch müde oder besser gesagt erschöpft von meinen Gefühlen und etwas durcheinander. Ich bin noch immer etwas böse mit mir selbst, dass ich bei dem hübschen Mann kein Wort raus gebracht habe. Und ich wollte eigentlich gestern gar nicht mehr mit Micha oder anderen Männern schlafen. Das hat auch nicht geklappt. Ich möchte nur mit einem Mann schlafen und zwar mit meinem Mann. Ich brauche nun mal Sex wenn ich mich schlecht fühle. Dabei kann ich für kurze Zeit meine Probleme und Gedanken vergessen und etwas Glücksgefühle verspüren. Ich weiß nicht wie ich weiter machen soll. Meine ganzen Gefühle sind ganz durcheinander. Okay, als erstes mache ich mich fertig, gehe etwas einkaufen und frühstücke in einer Bäckerei und danach putze ich mal meine Wohnung. Das habe ich auch schon länger nicht mehr gemacht. Und wer weiß, vielleicht treffe ich ihn wieder in der Bäckerei oder beim Einkaufen.

In der Hoffnung, dass ich ihm doch zufällig irgendwo begegne, habe ich beschlossen, dass ich mich etwas sexy anziehe. Ich schaute auf meinem Handy das Wetterbericht an und es zeigt, dass heute viel Sonne scheint und bis zu 30 Grad sein werden. Also zog ich mein weißes kurzes Sommerkleid an und dazu meine weißen Plateausandalen. In meine Haare machte ich paar leichte Locken rein und schminkte mich sehr dezent, damit mir die ganze Schminke in der Sonne nicht runter läuft. Zum Einkaufen fahre ich mit meinem geliebten Smart. Ich fahre sehr gerne ein Auto. Das klappt bei mir seit Anfang an ganz gut. Ich setze mich nie ans Steuer wenn ich etwas getrunken habe oder vor habe etwas zu trinken. In solchen Fällen rufe ich mir immer ein Taxi oder laufe zu Fuß wenn es nicht so weit ist.

Ich habe einen riesen Hunger, daher fahre ich als erstes zu einer Bäckerei. Es ist nicht so weit zu fahren, ungefähr zehn Minuten. Während der Fahrt habe ich nach jedem Fußgänger Ausschau gehalten. Ich habe gehofft meinen Unbekannten so zu finden. Aber leider war es immer jemand anderes.

In der Bäckerei bestellte ich mir eine belegte Seele mit Käse und Gemüse und dazu einen Kaffee. Ich trinke mein Kaffee mit Milch und einem Löffelchen Zucker. Es hat köstlich geschmeckt. Es tat so gut etwas zu essen. Ich spürte wie ich wieder zu Kräften komme und meine Wut und das Durcheinander verschwinden langsam. Aber Trotzdem bleibt dieses Gefühl der Sehnsucht. Sehnsucht nach dem Unbekanntem und nach der Liebe. Bei ihm in den Armen zu liegen, ihn zu küssen und sich mit ihm lange zu unterhalten. Ich schaute jedem nach der vorbei ging, in der Hoffnung ihn irgendwo zu sehen. Aber leider war er nirgends zu sehen. Okay, ich kann nicht den ganzen Tag hier sitzen und jedem hinterher schauen. Dadurch werde ich nur noch trauriger und kriege schlechte Laune. Ich gehe lieber einkaufen und lenke mich dabei etwas ab. Mein Kühlschrank ist schon ganz leer. Ich geh einmal in der Woche einkaufen und das meistens Samstags, da ich zwischen der Woche bis achtzehn Uhr arbeite und danach richtig müde bin um irgendetwas noch zu erledigen. Ich mache mir meistens ein Salat mit Baguette oder schmiere mir paar Brote mit Käse und Marmelade. Es darf nichts kompliziertes sein und viel Zeit in Anspruch nehmen. Zwei mal unter der Woche und am Wochenende gehe ich auch noch ins Fitnessstudio, danach bin ich noch mehr ausgepowert, dass ich direkt ins Bett gehe und einfach ein Buch lese.

Heute muss ich aufjedenfall einkaufen, da mir viele Pflegeartikel ausgegangen sind. Beim Einkaufen gucke ich sehr gerne nach neuen Artikeln und probiere sie sehr gerne aus. Also

habe ich etwas zu tun um mich gut abzulenken.
Ich holte aus dem Auto mein Einkaufskorb und
ging dann zu Fuß über die Straße zu einem
Lebensmittelladen. Da holte ich Obst, Gemüse,
Joghurt, Eier, Milch, Baguette zum selber
aufbacken und was mir noch so ins Auge fiel.
An der Kasse musste ich etwas warten. Ich
hatte das Gefühl, dass heute alle zum
Einkaufen gegangen sind. Die meiste Zeit
verbringt man an der Kasse und nicht beim
Einkaufen, habe ich so das Gefühl. Durch das
Warten, habe ich gemerkt, dass ich während
dem Einkaufen gar nicht mehr an den
Unbekannten gedacht habe, aber jetzt wieder
jeden Mann, der vorbei geht genau anschaue.
Langsam wird's anstrengend und mache
gucken mich so komisch an, in dem Sinne, was
glotzt du so. Ich mache mir echt Feinde.
Endlich bin ich dran, ich habe schon langsam
keine Geduld mehr und will einfach nach
Hause. Aber ich muss noch in ein Laden rein
wo ich paar Pflegeprodukte und etwas von
neuer Schminke kaufen möchte. Aber zu dem
Laden muss ich paar Minuten fahren. Ich habe
meine Einkäufe in mein Smart eingeladen und
bin eingestiegen. Wenn ich Kinder kriege, dann
muss ich mir ein größeres Auto beschaffen, da
passt sonst gar nichts rein. Ich muss dann
richtige Familieneinkäufe machen und der
Kindersitz braucht auch Platz. Aber es macht

nichts, auch wenn ich mein Smart über alles liebe, ich möchte eine Familie und dafür würde ich alles tun. Als ich zum nächsten Laden fuhr, habe ich gemerkt, dass ich wieder jeden Fußgänger anschaue und mich sehr schlecht auf die Straße konzentriere. Das hat mir echt Angst gemacht, daher stellte ich die Musik im Radio etwas Lauter und fing an mitzusingen. Auch wenn meine Stärke nicht direkt im Singen liegt liebe ich es trotzdem alles mit zu singen. Solange mich keiner hört, kann ich es machen. Bin gespannt wie mein Zukünftiger auf mein Gesang reagieren wird. Wenn es ihm gar nicht gefallen wird und er mich bieten würde damit aufzuhören, hm, was mache ich dann? Na wahrscheinlich weiter singen. Ich lächelte bei dem Gedanken. Er muss alles an mir lieben lernen. Nur so funktioniert eine glückliche Beziehung.

Ich bin schnell in den Laden rein und habe wirklich nur das gekauft, was ich dringend brauchte. Wattepads, Schmapoo, Handcreme und Taschentücher. Ich hatte gar keine Lust und Kraft mehr irgendetwas neues anzuschauen. Ich kenne mich gar nicht so. Das Beste am Einkaufen war für mich immer durch den Laden laufen und die schöne neue Schminke und neue Pflegeprodukte zu betrachten und zu kaufen um sie dann zu Hause auszuprobieren. Doch heute bereitet mir das gar keine Freude. In meinem Kopf kreiste nur der Unbekannte rum und jeder Mann der vorbei lief wurde genau angeschaut, besser gesagt angestarrt. Das Problem ist, dass es gestern dunkel war und ich mich kaum an ihn erinnern kann. Aber ich bin mir sicher, wenn ich ihn wieder sehe, dann erkenne ich ihn direkt wieder. Er war so schön. Ich habe so einen schönen Mann noch nie gesehen.

Ich nahm meine Tüte und lief langsam zum Auto. Plötzlich stach mir im Schaufenster gegenüber ein Kleid ins Auge. Das Kleid war rot, sah tailliert aus, ging bis oberhalb des Knies und war mit Spitze versehen. Es war einfach nur sexy und wunderschön. Ich lief sofort in den Laden rein und probierte das Kleid direkt an. Es saß an mir wie angegossen. Ich betrachtete mich im Spiegel. Ich sah einfach nur heiß aus. Ich öffnete meine Haare, warf sie etwas durcheinander dass sie etwas Volumen bekommen und streifte das Kleid vom rechten Oberschenkel langsam etwas hoch. In dem Moment stellte ich mir vor, wie ich so vor meinem Unbekannten stehe, während er auf meinem Sofa sitzt. Danach gehe ich langsam auf ihn zu und ziehe das Kleid noch etwas weiter hoch. Ich setze mich auf sein Schoß und wir fangen an sehr langsam und leidenschaftlich uns zu küssen. Er macht langsam den Reißverschluss meines Kleides auf, der sich auf dem Rücken befindet und streichelt mir meinen Rücken. Er zieht mir das Kleid samt BH aus und fängt meine Brüste an zu küssen und geht hoch an den Hals und meine Lippen. „Entschuldigung" wurde ich plötzlich aus meinen Tagträumen raus geholt. „Ja?" fragte ich erschrocken zurück und merkte, wie feucht ich wurde. Ich musste mich kurz sammeln und fing das Kleid auszuziehen. „Brauchen Sie Hilfe?" Fragte mich die Verkäuferin. „Eh, nein danke. Ich bin schon fertig und möchte das Kleid kaufen. Es ist wunderschön." „ Ja, das ist diese Woche ganz neu rein gekommen."

Ich bezahlte mein wunderschönes Kleid und freute mich riesig über diesen Fund. Ich kann es schon kaum abwarten das Kleid anzuziehen und hoffe, dass es bald soweit sein wird. Am Besten währe es das Kleid für meinen Unbekannten an zu ziehen, vielleicht zu unserem ersten Date, wenn es den geben wird. Ich hoffe es sehr.

Ich lief mit leichten Schritten zu meinem Auto und fuhr nach Hause.

Während der Fahrt hat mich Rebecca angerufen. Aber ich nehme am Steuer nie mein Handy in die Hand und eine Freisprecheinrichtung habe ich leider keine im Auto. Zu Hause angekommen ziehte ich mich um und zog eine Schorts mit einem Top an und räumte direkt meine Einkäufe ein. Danach warf ich mein neues Kleid in die Waschmaschine rein. Ich wasche immer meine neuen Kleider vor dem Anziehen. Ich will gar nicht wissen wer die Sachen immer anprobiert und wo sie davor lagen. Danach gebe ich das Kleid in den Trockner und wenn ich es brauche, dann hängt es schon bereit.

Plötzlich bekam ich richtig Hunger. Also habe ich mir paar Eier angebraten und Brot dazu genommen. Zum Trinken nahm ich einfach nur stilles Wasser. Ich setzte mich an meinen Esstisch. Der Esstisch war nicht so groß. Er war nur für 4 Personen gedacht. Den Tisch habe ich von meinen Eltern geschenkt bekommen. Als ich und meine Brüder noch klein waren haben wir an dem Tisch unsere Hausaufgaben gemacht und an Weihnachten und Ostern standen da Süßigkeiten und Plätzchen drauf. Daher ist der Tisch mit vielen schönen Erinnerungen verbunden. Ich habe mich riesig gefreut wo meine Eltern mich gefragt haben ob ich ihn mitnehmen mag. Wir haben noch 4 graue Lederstühle dazu ausgesucht. Da ich eine offene Küche habe, passt es super zu dem Sofa.

Ich holte mein Handy raus und rief Rebecca an. Sie nahm nach dem zweiten Klingeln ab, als ob sie auf mein Anruf wartete. „Hi, Liebes, alles gut bei dir," fragte mich Rebecca. „Ja, alles gut und bei dir?" „Ja, auch alles gut. Stell dir vor, der Typ, mit dem ich gestern gegangen bin, ist Single und ist reich. Bei ihm könnte ich alles bekommen was ich mir wünsche. Er möchte mich noch mal treffen. Ich bin noch am überlegen. Du weißt ja, dass ich das eigentlich nicht so gerne mag. Ich bin für einmal treffen und es reicht. Aber er hat mehrere Häuser. Viele davon im Ausland. Er hat sogar eine Putzfrau. So ein Leben stelle ich mir eigentlich vor. Ich bin noch am überlegen. Mal gucken wie er mich überzeugt. Wie lief es bei dir?" „Bei mir lief es nicht so prickelnd. Bin wieder mit dem Micha in seinem Auto gelandet, obwohl ich es mir fest vorgenommen habe es nicht zu tun, sondern auf meinen Traummann zu warten. Aber du bist gegangen und überall diese Pärchen um mich herum, das alles hat mir schlechte Laune gemacht und ich wollte einfach Glücksgefühle. Aber irgendwie hat es dieses Mal nichts gebracht. Es hat mich danach richtig angeekelt und wütend gemacht. Ich mache erst mal eine Pause mit One-Night-Stands und Barbesuchen. Ich suche jetzt gezielt nach meinem Traummann."

Rebecca hörte mir genau zu und als ich fertig war fragte sie dann:"Verstehe! Sollen wir heute Abend bei mir einen Film schauen oder ins Kino gehen?" „Sei mir nicht böse Liebes, aber ich bin so erschöpft und müde. Ich habe die Gefühle von heute Nacht noch immer in mir. Ich brauche eine Pause und will mich einfach mit meinem Buch in mein Bett verkriechen. Ich hoffe du verstehst es und wir telefonieren morgen noch mal?" „Klar, kein Problem. Ruhe dich aus. Wenn du mich brauchst, dann melde dich jederzeit bei mir. Ich bin für dich da. Ich rufe dich morgen Mittag an. Tschüssi, Kussi." „Danke Liebes, Tschüssi, Kussi." Das Tschüssi, Kussi haben wir seit dem Kindergarten schon zur Verabschiedung gesagt und sagen es noch immer uns gegenseitig. Das erinnert mich dann daran wie lange wir eigentlich schon befreundet sind. Eigentlich erzählen wir uns alles, aber irgendwie hatte ich gerade keine Kraft und Lust ins Detail zu gehen und alles zu erzählen. Danach hätte sie mich ausgefragt und vielleicht sogar ein Plan geschmiedet um meinen Unbekannten zu suchen, aber dafür bin ich viel zu müde. Daher schlafe ich lieber aus und erzähle es ihr morgen in Ruhe oder ich vergesse ihn einfach und halte nach einem Neuen Ausschau. Ich spülte mein Geschirr ab und schaute mich in der Wohnung um. Eigentlich hatte ich vor heute etwas aufzuräumen und abzustauben. Aber ich habe keine Kraft und bin gar nicht motiviert jetzt aufzuräumen. Fühlt sich so eine Depression an? Oder ist es der Anfang einer Depression? Das ist schrecklich. Ich hoffe natürlich nicht. Ich hoffe ich bin morgen wieder die alte und gehe lieber irgendwohin feiern und geniese einfach meine Singlezeit. Okay, mein Haushalt rennt mir nicht davon und so dreckig sieht es nicht aus und Besuch sollte die nächsten Tage auch nicht kommen. Ich lege mich wirklich lieber ins Bett und lese mein Buch zu Ende. Da habe ich noch knapp 100 Seiten übrig. Ich hoffe das Buch hat ein Happy End. Ich brauche irgendwelche Glücksgefühle. Ich will mich wenigstens für die Personen hier im Buch freuen.

Plötzlich klingelt es an der Tür. Ich wache auf und verstehe nichts. Es ist hell. Bin ich etwa eingeschlafen? Ich gucke auf mich runter und auf meinem Bauch liegt mein Buch. Ich habe es nicht zu Ende gelesen und bin während dem Lesen eingeschlafen. Das ist schade, aber nicht so schlimm. Dann lese ich es heute zu Ende. Die Sonne scheint so schön warm. Ich gucke auf mein Handy und es zeigt 9 Uhr morgens an. Ich habe eine Wetterapp auf meinem Handy und da zeigt an, dass es heute 30 Grad sein werden. Plötzlich klingelt es wieder an der Tür. Ich habe schon ganz vergessen wieso ich aufgewacht bin. Ich sprang schnell aus meinem Bett raus und sah, dass Ich in meinen Schorts und dem Top eingeschlafen bin. Ich öffnete die Tür und da war die nette, etwas ältere Nachbarin von Gegenüber. Sie hat für mich ein

Päckchen angenommen. Ich habe mich recht herzlich bedankt und habe das Päckchen an mich genommen. Wahrscheinlich sind da meine neuen weiße Sandalen drin. Ich packte das Päckchen aus und da waren tatsächlich meine Sandalen mit einem kleinen Absatz. Die sind wunderschön. Ich rannte schnell zu meinem Schrank, holte mein kurzes zart rosa Sommerkleidchen heraus und fand die Kombination einfach super. Ich bin schnell unter die Dusche gesprungen und habe mich fertig gemacht. Auf mein Gesicht machte ich eine leichte Creme drauf und schminkte mich leicht sommerlich. Meine Haare band ich zu einem Pferdeschwanz. Das sah einfach hübsch aus. Eigentlich musste ich gestern oder heute ins Fitnessstudio gehen, aber ich habe keine Motivation dieses Wochenende dort hin zu gehen. Ich habe beschlossen lieber Rebecca anzurufen und mit ihr frühstücken zu gehen. Ich nahm mein Handy und rief Rebecca an. Aber sie nahm nicht ab. Ich versuchte noch einmal. Aber beim zweiten Mal hat sie auch nicht abgenommen. Wahrscheinlich schläft sie noch. Also gehe ich alleine frühstücken und wenn sie anruft, dann treffen wir uns in der Stadt und unternehmen etwas zusammen. Ich entschied mich einfach zu Fuß zum Eiscaffe zu laufen, da ich richtig Lust hatte auf einen süßen Frühstück. Und im Eiscaffe gibt es Crepes und

Waffeln und natürlich auch Kaffee. Ich liebe Kaffee.

Ich nahm meine Tasche und merkte, dass diese braune Tasche gar nicht zu meinem Outfit passt. Also lief ich schnell ins Schlafzimmer, machte die Tür meines XXL Schrankes auf und guckte was für Taschen ich eigentlich habe. Welche würde am Besten passen. Ich liebe es mich schön und harmonisch zu kleiden. Daher gehe ich oft und gerne einkaufen. Ich hoffe mein Traummann hat nichts dagegen. Ich hoffe er ist der gleichen Meinung, dass ich mich für ihn hübsch machen werde und er stolz sein wird mich seinen Freunden vorzustellen.

Ich sah eine weiße Ledertasche, nahm sie heraus und legte alles aus der braunen Tasche in die weiße Tasche rein.

Ich hatte richtig Lust beim Laufen Musik zu hören. Also nahm ich mein Handy und sah das meine Kopfhörer sich mit meinen Schlüsseln in der Tasche verknuddelt haben. Also habe ich alles wieder aus meiner weißen Tasche raus geholt und auf das Bett gelegt. Ich habe meine Kopfhörer von meinen Schlüsseln befreit und legte alles wieder zurück in die Tasche.

Dann bin ich los gelaufen. Ich habe schon lange keine Musik während dem Laufen gehört. Meistens höre ich Musik wenn ich im Fitnessstudio bin. Ich war nach 20 Minuten bei der Eisdiele. Während dem Laufen merkte ich wie heiß die Sonne schon auf den Körper schien. Ich habe das Gefühl, dass es heute mehr als 30 Grad sein werden. Eigentlich wäre es schöner schwimmen zu gehen. Aber alleine möchte ich nicht. Mal gucken wann Rebecca sich meldet und was sie dazu sagt. In der Eisdiele waren ein paar Tische schon belegt. Ich setzte mich an einen freien Tisch und guckte mir die Karte an. Dann merkte ich, dass ich eigentlich die Karte nicht brauche und genau weiß was ich möchte. Plötzlich fühlte ich mich wieder erschöpft, orientierungslos und einsam. Eine junge Frau kam zu mir und fragte was ich haben möchte. Ich bestellte einen Cre´pes, eine Waffel, beide mit Puderzucker und einen Kaffee mit Milch und Zucker. Es duftete herrlich hier in der Eisdiele nach Waffeln und es war angenehm kalt. Ich habe beschlossen hier länger zu sitzten und mein Essen zu genießen. Ich saß einfach eine Stunde in dem Eiscaffee und genoss die Atmosphäre und beobachtete die Menschen um mich herum. Bei dem Bedienpersonal fragte ich nach meiner Rechnung. Die wurde mir schnell gebracht. Ich nahm meine Tasche und wollte mein Geldbeutel herausholen und bekam dabei einen riesen Schrecken. Mein Geldbeutel war nicht da. Er wurde mir wahrscheinlich geklaut. Aber wie konnte es passieren. Hier saßen so viele Menschen, die hätten es bestimmt gemerkt. Ich bin schon den Tränen nahe. Wie bezahle ich meine Rechnung. Ich habe Angst, dass die mir nicht glauben. „Es tut mir so leid. Können Sie mir die Rechnung aufschreiben? Ich zahle morgen. Mein Geldbeutel wurde geklaut! Haben Sie vielleicht etwas mitbekommen? Ich weiß ganz genau, dass ich ihn mitgenommen habe. Das ist echt ärgerlich. Es tut mir richtig leid." Ich rede so schnell, dass ich fast panisch werde.

Die Bedienung antwortete, dass wir das leider nicht machen dürfen. Sie müssen direkt bezahlen.

Ich fühlte mich richtig schlecht und hatte Angst, dass die anderen Kunden es mitbekommen. Das ist richtig peinlich. Schade, dass man sich nicht wegzaubern kann wie in den Filmen.

Die Bedienerin sagte dann:"Vielleicht können Sie jemanden anrufen, der Ihnen das Geld her bringt?" „Okay, das ist eine gute Idee, ich rufe meine Freundin an," antwortete ich. „Das ist schön, Sie melden sich, wenn Sie zahlen können." Ich nickte und nahm mein Handy in die Hand und drückte auf Rebecca um sie anzurufen. Es klingelte und klingelte, sie nahm aber nicht ab.

„Hallo," hörte ich eine mir bekannte wunderschöne Stimme. Ich drehte mein Kopf sehr schnell nach links und glaubte meinen Augen nicht wen ich da sah. Da war mein

Traummann. Ich habe ihn angestarrt und konnte meine Augen von ihm nicht wegreißen. Seine Haare, seine Augen, alles , alles gefehlt mir. Ich spüre schon langsam die Wärme in meinem Bauch und das Spannen in der Scheide. Ich will ihn, jetzt, direkt hier, hart und sanft. Mit ihm will ich alles ausprobieren.

Plötzlich wurde ich durch Rebeccas Mailbox aus den Träumen raus geholt und antwortete mit ganz piepsiger, leiser Stimme „Hallo". Er lächelt mich an. Oh man, wie süß sein Lächeln doch ist. Er ist perfekt.

„Darf ich mich zu Ihnen setzten?" Ich nickte schnell. Er setzte sich mir gegenüber und lächelte mich an. Ich könnte von seinem Lächeln dahin schmelzen.

Ich starte seine Lippen an und merkte, dass die sich bewegen und realisierte, dass er mir etwas gesagt hat. Vor lauter Staren habe ich gar nicht gehört, was er sagte und da reagierte ich sehr schnell:" Oh Entschuldigung, ich habe Sie nicht verstanden." Und dabei fingen meine Backen an zu brennen. Es war mir sehr unangenehm, dass ich mich so verhalten habe. Er denkt bestimmt, was ist das den für eine.

Er lächelte mich wieder mit seinem süßen Lächeln an und sagte:"Ich glaube wir haben uns schon mal begegnet?!" Ich nickte und sagte:"Ja, leider in keiner so komfortablen Situation. Da war nicht so mein Tag. Darum finde ich es jetzt viel schöner, dass Sie mich angesprochen haben und zu mir her kamen. Ich musste immer wieder an Sie denken." Und dabei lächelte ich ihn endlich mal mit meinem schönsten Lächeln an.

Er erwiderte mein Lächeln und guckte mir direkt in die Augen. Ich habe zwischen uns eine Wärme und Verbundenheit gespürt.

Plötzlich wurden wir von der jungen Frau, die mich vorhin bedient hat, unterbrochen.

„Möchten Sie zahlen oder etwas bestellen?" Ich wollte gerade antworten, dass ich gleich noch mal bei meiner Freundin anrufe, da hat mein Traummann schon gesagt:" Für mich bitte einen Kaffee mit Milch und Zucker und was magst du?" Er schaute mich direkt dabei an. Ich war etwas erschrocken und glücklich zu gleich. Er hat mich geduzt. Meine Schmetterlinge im Bauch fahren Achterbahn. „Ähm, ähm für mich bitte das Gleiche." Ich kann Rebecca etwas später anrufen oder vielleicht ruft sie selbst auch zurück.

Mein Traummann streckt mir seine Hand entgegen und sagt:"Ich heiße Marc. Ich hoffe es ist in Ordnung, dass ich dich duze?"

Ich nahm seine Hand und sagte:"Ja, das ist süß und ich heiße Carla." Und dabei lächelte ich ihn an. Seine Hand ist so männlich und gleichzeit weich. Er benutzt eine leicht männlich duftende Creme oder ist es vielleicht sein Parfüm was so toll riecht. Ach, ich liebe alles an ihm. Plötzlich merke ich, dass ich noch immer seine Hand halte und es fühlt sich einfach schön an. „Oh", sagte ich und ließ schnell seine Hand los. „Du hast ganz weiche Hände. Das fühlt sich schön an." Und wurde dabei wieder rot im Gesicht. Er lächelte mich und sagte:"Dankeschön, ich liebe es mich zu pflegen. Viele finden es nicht so männlich wenn man eine Handcreme benutzt, aber ich finde da kann man nicht sagen, dass es männlich oder weiblich ist, wenn die Haut Pflege braucht, dann ist es egal welches Geschlecht man hat." „Ja, das finde ich auch so."

Uns wurde unser Kaffee gebracht und wir bedankten uns. Es ist echt witzig. Wir trinken genau das Gleiche. Ich kann mir gut vorstellen wie wir bei mir auf dem Sofa sitzten und zusammen Kaffee trinken und uns unterhalten. Marc nimmt sein Löffelchen und rührt den Zucker im Kaffee etwas um und nimmt einen Schluck davon. Er stellt seine Tasse auf den Unterteller zurück und nimmt die rote Serviette, die hier auf dem Tisch liegt, faltet sie in der Mitte und legt sie neben sein Unterteller. Er sagt:" Hier schmeckt mir der Kaffee besonders gut. Hier komme ich öfters hin." Er schaute zur Sonne hin und sagte weiter:"Heute ist echt ein tolles Wetter. Ich mag so ein Wetter. Am besten würde ich Schwimmen gehen, aber heute wurde ich zu meinen Eltern zum Mittagessen eingeladen. Da kommen noch andere Verwandte, die ich länger nicht mehr gesehen habe. Ich freue mich auf sie."

„Ich liebe auch so ein Wetter und habe heute auch schon über Schwimmen nachgedacht, aber ich erreiche meine beste Freundin nicht um sie zu fragen, ob sie mitkommt. Sie hat einen neuen Typen kennen gelern und ich vermute, dass sie mit ihm Zeit verbringt. Aber vielleicht meldet sie sich noch." Plötzlich klingelte Marcs Handy. Er schaute auf den Display und sagte:" Oh Entschuldige mich, da muss ich ran gehen. Er stand auf und ging ein Stück weg um zu telefonieren.

Es hat paar Minute gedauert und er lief auf und ab beim Telefonieren. Als er auflegte, schaute er sein Handy noch etwas an und kam dann zu mir mit einem Lächeln und sagte, es tut mir leid, es war schön mit dir, aber ich muss leider gehen. Ich habe einen wichtigen Termin rein bekommen. Ich zahle alles, auch für das, was du davor bestellt hast." Er lief zu der Theke und bezahlte unsere Rechnung. Dann kam er wieder an unser Tisch und hielt einen Kugelschreiber in seiner Hand. Er nahm die Serviette, die er neben seinen Unterteller davor hingelegt hat. Er schrieb seine Handynummer auf, dazu schrieb er Marc und ein kleines Herzchen. Er reichte mir die Serviette und sagte:"Wenn du magst, dann kannst mich mal anrufen" und zwinkerte mir dabei zu. Er trank noch einen Schluck von seinem Kaffee und ging wieder zu der Bedienung um ihr ihren Kugelschreiber wieder zurück zu geben. Dann ging er und winkte mir noch kurz zu. Ich winkte zurück und war ganz geschockt wie schnell das jetzt alles ging. Genau wie beim ersten Mal. Wir konnten nicht richtig reden. Aber was dieses Mal gut ist, er gab mir, ohne das ich ihn gefragt habe, seine Nummer. Ich nahm die Serviette in meine Hand und meine Schmetterlinge im Bauch fuhren wieder Achterbahn. Ich drückte die Serviette an meine Brust und guckte hoch in den Himmel und grinste mit einem breiten Lächeln. Ich war glücklich.

Ich nahm meine Tasche und legte die Serviette in die Tasche und ging nach Hause. Und bezahlt hat er auch für mich. Wie kann man nur so perfekt sein?! Ich hoffe er wird meiner. Ich muss alles dafür tun, dass es so wird.

Ich lief und lief und war in meinen Gedanken verloren, habe von uns vor sich hin geträumt. Ich stellte mir vor wie es wohl sein wird mit ihm zusammen zu sein. Wie er mich mit seinen sanften Händen streichelt. Wie er mein rotes neues Kleid nach unserem ersten Date langsam mein Bein hoch streift und mich überall küsst und streichelt, bis in die Morgenstunden und danach schlafen wir erschöpft vor Liebe zusammen ein. Wir werden jede freie Sekunde zusammen verbringen.

Hmm, ich bin gespannt wo und wie er wohnt. Hoffentlich wohnt er nicht so weit von mir entfernt, dann könnten wir uns auch nach der Arbeit treffen. Hm, was er wohl arbeitet? Er ist gut durchtrainiert, aber im Fitnessstudio habe ich ihn noch nie gesehen. Vielleicht geht er in ein anderes Fitnessstudio, wir haben hier paar verschiedene in der Stadt. Mein Fitnessstudio liegt nicht weit von der Arbeit entfernt, damit ich gleich nach der Arbeit hin gehen kann und nicht ewig fahren muss. Danach würde ich gar keine Lust mehr haben um zu trainieren.

Aber als was könnte er arbeiten? Vielleicht trägt er auch einen Anzug, das finde ich sehr anziehend bei Männern. Er könnte bei einer Bank oder einer Versicherung arbeiten oder auch als Anwalt, der für die Gerechtigkeit kämpft, das wäre auch ganz heiß. Ich bin auch für die Gerechtigkeit.

Langsam merke ich, dass ich nicht mehr weit bis nach Hause habe. Die Sonne sticht direkt auf mich drauf und ich merke wie mein Rücken schon brennt und es mir richtig heiß ist. Am Liebsten würde ich schwimmen gehen.

Plötzlich klingelt mein Handy. Ich mache meine Tasche auf und sehe mein Handy nicht, aber ich höre es. Was ist heute nur los mit meiner Tasche? Irgendwie komme ich nicht zu recht mit ihr. Ich wühle und wühle in meiner Tasche und ziehe es von ganz unten raus und dabei fliegen meine Kopfhörer aus der Tasche raus. Ich räume die wieder in die Tasche rein und gucke auf mein Handy. Es ist Rebecca. Ich nehme ganz schnell ab.

„Hi Liebes," sage ich mit einer quietschiger Stimme. „Hallo Liebes, was ist mit dir los? Hast du etwas getrunken?" fragt Rebecca und lacht vergnügt ins Handy.

„Hä, ne. Alles gut. Ich freue mich nur, dass ich dich wieder höre. Ich konnte dich den ganzen Tag nicht erreichen,"antwortete ich schnell. Rebecca sagt:"Nicht den ganzen Tag sondern nur den Halben. Ich bin mit meinem Moritz bei ihm zu Hause. Er hat eine Riesenvilla. Es ist echt schön hier und er hat mir angeboten hier einzuziehen. Aber das lasse ich erst mal. Ich möchte nur den Spaß. Wieso hast du mich eigentlich angerufen. Wolltest du etwas bestimmtes?" „Ja, ich wollte fragen ob du mit mir schwimmen gehen magst?"

„Oh, tut mir leid, ich kann nicht. Seine Villa liegt 100 km von unserer Stadt entfernt. Bis ich da bin ist es schon fast Abend und wir liegen hier schon in seinem Pool. Er holt uns nur etwas zu trinken. Tut mir echt leid, dass ich dir wieder absage. Oh er kommt, ich muss Schluss machen. Viel Spaß noch. Tschüssi, Kussi." Ich konnte nur schnell antworten, Tschüssi, Kussi.

Da hat sie schon aufgelegt.

Aber es ist okay. Sie soll ihren Spaß haben. Wir sind nicht immer jung. Wir müssen unser Leben genießen und alles worauf wir Lust haben, ausprobieren. Ich bin auch gerade glücklich. Ich weiß wie mein Traummann heißt und ich habe sogar seine Nummer. Marc ist so ein schöner männlicher Name. Der Name passt zu ihm. Heute Abend rufe ich ihn mal an und versuche mit ihm zu telefonieren.

Ich stand vor meinem Haus und merkte, dass ich gar keine Lust habe nach Hause zu gehen. Was soll ich da machen, lesen, mich vor den Fernseher setzten. Das macht gar keinen Spaß. Ich vermisse meinen Marc, darum muss ich mich ablenken. Ich habe mich entschieden in den Park spazieren zu gehen und Enten und Schwäne beobachten. Als ich an der Straße entlang ging hörte ich ein Hupen eines Autos. Es fuhr plötzlich langsam an mich ran und ich hörte aus dem Autofenster rufen:"Hey Baby!" Das war Micha. Ihn wollte ich ganz sicher nicht sehen. Ich drehte mich zu ihm und sagte ganz trocken:"Hallo." „Oh, wieso so schlecht gelaunt. Ich kann dir ganz schnell gute Laune machen. Drüben gibt es einen Parkplatz. Komm steig ein." „Nein, danke Micha. Ich habe keine Lust, nicht heute und nicht nächstes Mal und überhaupt nicht mehr." Plötzlich hob ich meine Stimme etwas an und sagte:"Hast du mich verstanden?"

Sein Anblick hat mich in dem Moment echt aggressiv gemacht. Micha guckte mich etwas schockiert an und antwortete:"Okay, Okay," und fuhr mit quietschenden Reifen weg.

Plötzlich hatte ich gar keine Lust mehr auf Spazieren gehen. Ich kehrte um und ging nach Hause. Jetzt spürte ich wieder die Hitze an meinem Körper.

Als ich zu Hause ankam, frierte ich und wurde ganz müde. Ich lief in mein Schlafzimmer um mich umzuziehen und konnte kaum glauben, was ich auf meinem Bett sah. Mein Geldbeutel. Wahrscheinlich habe ich ihn beim umräumen der Taschen vergessen einzupacken. Ich war so froh, dass er nicht geklaut wurde. Ehrlich gesagt, habe ich auch vergessen, dass ich mein Geldbeutel gesucht habe. Heute ist doch ein komischer und zugleich schöner Tag. Ich zog meine Pinke, weiche, kuschelige Pyjama an und ging in die Küche. Wenn mich jemand so sehen würde, dann würde er denken, dass wir Winter haben. Aber mich hat es einfach gefroren und ich war einfach nur müde. Ich brauche etwas kuscheliges neben mich. Marc wäre perfekt, aber leider hat er schon etwas vor. Ich guckte auf die Uhr und es war schon 15 Uhr. Okay, ich warte noch 2 Stunden und danach rufe ich ihn an.

Ich legte mich auf mein Sofa und schaltete den

Fernsehen an. Ich gucke nicht so oft
Fernsehen. Lieber lese ich, aber heute hatte ich
einfach keine Lust auf Lesen.
Im Fernsehen lief natürlich nichts spannendes.
Plötzlich fand ich einen Film. Ich weiß nicht wie
er heißt. Aber es ist mir auch egal. Den ich
habe nur auf der richtigen und interessantesten
Stelle eingeschaltet, wo das Pärchen gerade
Sex miteinander haben. Ich liebe solche Filme.
Da versuche ich sogar noch etwas
abzuschauen und etwas dazu zu lernen. Ich
deckte mich zu und machte mir richtig
gemütlich auf dem Sofa. Plötzlich merkte ich
wie müde ich werde.
Ich schlief ein und wachte genau zwei Stunden
später wieder auf. Der Fernseher lief die ganze
Zeit über. Ich schaltete ihn aus und dachte jetzt
kann ich Marc anrufen. Ich hoffe er ist nicht
sehr beschäftigt und hat Zeit mit mir zu
telefonieren. Ich lief zu meiner Tasche um die
Serviette mit der Nummer zu holen. Ich guckte
in die Tasche rein und sah nichts. Dann kippte
ich die Tasche um und leerte alles aus. Nichts,
nirgends. Die Serviette war nirgends. Aber ich
weiß ganz genau, dass ich sie in die Tasche
rein gelegt habe. Ich wurde langsam panisch.
Ich suchte noch mal alles ab, aber nichts. Ich
habe es verloren, oh nein. Und plötzlich
kullerten mir die Tränen die Wangen herunter.
Meine aller letzte Chance ihn anzurufen und

uns besser kennen zu lernen habe ich verloren. Er wird bestimmt denken, dass ich gar keinen Kontakt mit ihm haben möchte. Aber es ist nicht so. Ich habe mich richtig in ihn verliebt. Bitte, ich bete zu Gott, dass wir noch eine Möglichkeit kriegen um uns zu sehen und eine Beziehung aufzubauen. Ich musste plötzlich noch mehr weinen. Ich legte mich aufs Sofa und weinte stark. Ich weiß gar nicht wann ich das letzte Mal so geweint habe.

Ich stand schnell auf und rannte die Treppe runter nach draußen, in der Hoffnung dass die Serviette mir vor der Haustür rausgefallen ist oder an der Straße. Ich suchte alles ab, aber sie war nirgends zu sehen. Also ging ich ganz traurig und mit gesenktem Kopf wieder rein und dabei kullerten mir die Tränen über die Wangen. Ich legte mich aufs Sofa und deckte mich zu. Ich konnte nicht verstehen wie es passieren konnte. Und wieso es manchmal alles so ungerecht ist. Ich merkte, dass ich von der ganzen Situation ganz müde wurde und schlief ein.

Um 6 Uhr morgens klingelte mein Wecker, da es Montag war und ich arbeiten musste. Ich wachte direkt beim ersten Klingeln auf und hatte richtige Kopfschmerzen und dachte nach. Ich habe gestern nicht getrunken und bin auch nicht spät ins Bett gegangen, aber wieso hatte ich solche Kopfschmerzen. Und Plötzlich ziehten sich alle meine Bauchmuskeln zusammen und ich habe richtig Bauchschmerzen bekommen, als ob mir jemand in den Bauch rein geschlagen hätte. Mir ist wieder eingefallen was gestern passiert war und mir wurde es richtig schlecht. Ich stand trotzdem von meinem Sofa auf und bin ins Badezimmer gegangen. Als ich mich im Spiegel sah habe ich mich richtig erschreckt. Meine ganze Schminke war verschmiert, meine Augen ganz geschwollen. Ich hatte gar keine Lust auf die Arbeit zu gehen aber ich musste, ich konnte nicht krank machen. Ich muss heute und morgen zwei wichtige Aufträge abschließen und danach habe ich zwei Wochen Urlaub. Also bin ich aufs Klo und unter die Dusche gegangen und habe meine Zähne geputzt. Danach ging ich zu meiner Kaffeemaschine um mir ein Kaffee zu kochen, da ich heute ohne Kaffee nichts schaffe. Während mein Kaffee kocht bin ich zum Kühlschrank gegangen und habe meine Wunderwaffe gegen geschwollene Augen rausgeholt, nämlich kalte Gurkenscheiben. Ich habe mich aufs Sofa gesetzt, habe mein Kopf auf die Lehne gelegt und die Gurkenscheiben unter die Augen drauf gelegt. Zehn Minuten lang lag ich so da und versuchte an nichts zu denken. Es war richtig entspannt.

Als ich komplett fertig war und im Auto zur

Arbeit fuhr, habe ich beschlossen mich jetzt die zwei Tage auf die Arbeit zu konzentrieren und meine Aufgaben zu erledigen, die ich noch vor habe. Dann muss ich noch einen Kumpel fragen der mit mir zu Omas Geburtstag geht. Und ein Geschenk für meine Oma muss ich auch noch besorgen.

Als ich aus der Firma raus kam war es schon 20 Uhr. Ich habe extra Überstunden gemacht, da ich mich super ablenken konnte und nicht an Marc und die ganze Situation denken musste. Ich fuhr direkt nach Hause. Während der Fahrt habe ich mir eine Thunfisch Paprika Pizza bestellt. Wenn ich zu Hause bin, dann muss ich nicht so lange warten, bis sie geliefert wird und ich muss mir keinen Parkplatz in der Stadtmitte suchen. Das mache ich öfters so, wenn ich einen riesen Hunger habe und keine Lust auf kochen habe.
Zu Hause bin ich schnell unter die Dusche gesprungen und habe mir meinen kuscheligen Pyjama angezogen, da klingelte es schon an der Tür und meine Pizza wurde geliefert.
Ich nahm mein Buch, kochte mir Kaffee, stellte mir ein Glas mit stillem Wasser auf den Tisch und aß meine Pizza während dem Lesen. Ich hatte richtig Hunger. Ich habe den ganzen Tag kaum etwas gegessen. Da hatte ich einfach kein Hunger. Immer wenn mir die Gedanken

von Marc in den Kopf kamen, bekam ich einen Kloß im Hals und dadurch musste ich mich mit Arbeit ablenken.

Ich habe mich so sehr in mein Buch vertieft, dass ich nicht mal gemerkt habe, dass ich mit dem Buch zum Sofa gelaufen bin. Als ich mit dem Lesen fertig war, merkte ich, dass es schon 1 Uhr nachts ist. Ich wurde so müde. Es hat mich so gefreut, dass in meinem Buch die Geschichte ein Happy End hatte. Ich wurde plötzlich traurig, dass ich privat kein Happy End habe.

Ich zog meine Knie hoch, deckte mich zu und versuchte zu schlafen, doch durch die Gedanken kullerten mir wieder die Tränen. Ich wünsche mir, dass Marc jetzt zur Tür rein kommt, sich zu mir hinlegt und mich umarmt. Dann wäre ich glücklich. Mit dem Gedanken schlief ich ein und wurde wieder von meinem Wecker geweckt. Ich war so müde und wollte einfach nicht aufstehen. Aber ich musste. Ich musste heute noch meinen letzten Auftrag zu Ende bearbeiten. Vielleicht gehe ich heute früher nach Hause, da ich gestern schon vorgearbeitet habe und fahre dann ein Geschenk für meine Oma besorgen. Da ich gestern duschen war, wollte ich heute nicht gehen, sondern ich hatte Lust auf Locken. Ich machte mir Locken und zog mir mein weißes Sommerkleidchen mit Spitze, was mir bis zum

Knie reicht, an und dazu meine neuen weiße Sandalen. Es ist Sommer und wir haben wunderschönes Wetter. Ich nahm noch mein cremefarbenes Cardigan mit, da es morgens und in der Firma durch die Klimaanlagen etwas kühl ist.

Um 14 Uhr war ich fertig mit meiner Arbeit und habe beschlossen früher in den Urlaub zu gehen. Alle meine Arbeitskollegen haben mir einen schönen Urlaub gewünscht.

Ich setzte mich in mein Auto und wählte Rebecca. Ich vermisse sie und habe mit ihr schon länger nicht mehr telefoniert. Ich weiß auch, dass sie bald auf Geschäftsreise geht, aber habe jetzt vergessen wann genau. Doch Rebecca nahm nicht ab. Ich war ihr nicht böse, obwohl wir sonst immer jeden Tag miteinander entweder geschrieben oder telefoniert haben. Aber jetzt ist alles so komisch. Ich sprach auf ihr Anrufbeantworter drauf:"Hallo Liebes, ich vermisse dich. Mir geht es nicht so gut. Ich brauche jemanden zum Reden. Ich hoffe dir geht es gut. Melde dich bitte, wenn du Zeit hast oder komm bei mir einfach vorbei. Tschüssi, Kussi."

So, mein Plan ist es jetzt in die Stadt zu fahren und ein Geschenk für Omas Geburtstag zu besorgen. Es ist nicht so weit bis zum Geschenkeboutique. Meine Oma sammelt gerne Engel und liebt Blumen. Daher habe ich vor ihr einen Engel zu kaufen. Den Engel, denn ich mal beim Spazieren laufen im Schaufenster gesehen habe. Er ist ungefähr 30cm groß. So einen großen hat sie irgendwie noch gar nicht. Ich hoffe er wird ihr gefallen und hoffentlich ist er noch da.

Ich fuhr schnell los, kam an das Geschenkeboutique doch da waren alle Parkplätze besetzt, also musste ich noch paar Straßen weiter fahren um einen Parkplatz zu finden.

Als erstes bin ich zum dem Geschenkeboutique gegangen und der Engel stand noch im Schaufenster. Er sah richtig schön aus. Den kaufte ich und ließ ihn direkt bruchsicher einpacken.

Dann lief ich wieder zum Auto zurück. Ich schaute in alle Schaufenster rein und guckte was es alles neues gibt. Wie die neue Mode und Deko zur Zeit aussieht. Plötzlich merkte ich, dass ich vor lauter gucken falsch abgebogen bin. In der Straße war ich noch nie, weil da eigentlich keine Geschäfte gibt, die irgendetwas mit Mode, Schmuck oder Schminke zu tun haben. Da sind eher Geschäfte wie Handyshop, Schlüssel machen oder kleine Lebensmittelspezialitäten. Solche Läden interessieren mich nicht so sehr.

Plötzlich sah ich ein kleines Geschäft und da stand Sextoys drauf und alles leuchtete überall.

Auf der Wand hing ein Plakat mit paar Frauen in Hasenkostümen drauf . Ich habe den Laden hier noch nie gesehen oder besser gesagt ich wusste gar nicht das wir hier so etwas haben. Es hat mich früher auch nie interessiert. Jetzt habe ich irgendwie den Reiz dazu da rein zu gehen. Vielleicht finde ich da etwas was mich entspannt. Ich machte vorsichtig die Tür auf und das helle Licht kam mir entgegen. Ich lief langsam rein und wurde an der Kasse von einer netten Verkäuferin begrüßt, die auch in einem Hasenkostüm war. Sie fragte mich ob ich Hilfe brauche und ich sagte: „Nein, danke, ich gucke mich erst mal um." „Das ist kein Problem, beim ersten Mal gucken alle erst mal alles an und danach werden sie Stammkunden." Dabei lächelte sie mich an. Ich guckte sie an, nickte leicht, lächelte kurz und ging nach rechts Richtung Regale.

Wow, was hier nicht alles gibt. Ich lief langsam und guckte mir die ganze Ware auf den Regalen an. Verschiedene Unterwäsche in verschiedenen Formen und Farben. Unterhöschen unten mit Reisverschluss oder schon direkt im Bereich der Scheide und Po ein Loch. Ein BH wo die Nippel frei liegen oder einfach alles durchsichtig. Ich war ganz fasziniert was hier alles gibt.

Dann bin ich bei niedlichen Delfinen angekommen und weiter oben lese ich

Vibratoren und Dildos. Ich war geschockt. Dieser kleine und niedliche Delfin ist ein Vibrator.

Und was für Dildos es gab. Für jeden Geschmack etwas dabei. Verschiedene Formen und Farben und Größen. Ich hätte nicht gedacht, dass es so vieles verschiedenes gibt. Von ganzem gucken habe ich gemerkt wie feucht ich wurde und wie gern ich jetzt auf der Stelle irgend ein Dildo ausprobieren würde.

Aber heute kaufe ich mir noch kein Dildo. Jetzt verstehe ich die Verkäuferin wieso hier Menschen Stammkunden werden. Wenn es bei mir mit meiner Beziehung so weiter geht wie jetzt, dann werde ich auch Stammkunde. Okay, dachte ich mir, ich kann nicht mit leeren Händen raus gehen und noch mehr angucken kann ich auch nicht. Dadurch werde ich nur unbefriedigt und kriege schlechte Laune. Mir hat da ein Höschen gefallen, der mit Reisverschluss unten. Ich ging wieder zu dem Regal mit der Reizunterwäsche und nahm das Höschen in rot. Es gab die noch in schwarz, lila und weiß.

Ich lief wieder an den Dildos vorbei und konnte meine Augen nicht wegreißen von den Dingern. Die haben mich fasziniert.

Ich ging in eine andere Regalreihe, da gab es ganz viele DVDs zu kaufen. Ich hörte plötzlich ein stöhnen. Ich sah nach oben, von wo das

Geräusch auch kam und sah einen kleinen Ferneseher der über dem Regal hing. Da lief ein Film wo ein Pärchen Sex miteinander hatte. Da verstand ich was das für DVDs waren. Irgendwie war es mir etwas unangenehm, dass ich da rein guckte. Auf dem oberstem Regal sah ich Handschellen liegen. Ich tat so als ob ich die Handschellen betrachte und griff langsam nach denen. Doch gleichzeit guckte ich in den Fernseher rein. Plötzlich bemerkte ich, dass mir jemand versucht die Packung mit den Handschellen aus der Hand zu reißen. Ich sah erschrocken nach rechts und konnte meinen Augen kaum glauben. Da stand Marc. Er guckte mich auch ganz erschrocken an. Plötzlich lächelte er mich an. Ich wusste noch immer nicht wie ich reagieren sollte und ließ als Erste die Packung los und sagte schnell:"Entschuldigung." Er lächelte mich an und sagte:"Das ist doch gar kein Problem. Hier nimm die Packung, ich nehme mir eine andere." Er reichte mir die Packung mit den Handschellen. „Oh nein, danke. Ich brauche sie nicht. Ich wollte sie nur anschauen." Es war mir alles so peinlich. Marc lächelte mich mit seinen wunderschönen blauen Augen an und sagte:"Schade, dass du sie nicht mitnehmen möchtest. Mit denen kann man ganz tolle Sachen machen." „Ach echt?" Dabei musste ich lachen. „Ja, vielleicht ergibt sich mal ein

Moment und ich kann es dir zeigen?", fragte mich Marc zwinkernd. Bei der Vorstellung zogen sich alle meine Muskeln zusammen und ich wurde feucht. „Auf das Angebot komme ich mal zurück." Mir war das alles trotzdem sehr peinlich. Ich fühlte mich bei irgendetwas verbotenem ertappt. „Ich muss zahlen.", sagte ich zu Marc und zeigte auf die Kasse. Ich drehte mich um und lief schnell zu der Kasse. Mein Höschen legte ich auf das Band. Die Junge Frau an der Kasse fragte mich etwas doch ich konnte sie nicht verstehen. Ich sah nur Marc wie er seine Einkäufe auf das Band legte. Die Junge Frau fragte mich noch einmal und dieses Mal verstand ich sie. „Möchten Sie eine Kundenkarte anlegen?" „Oh nein, danke," antwortete ich schnell. „Okay, dann vielleicht beim nächsten Mal." Ich sah zu Marc rüber. Er lächelte mich an. Sein lächeln war so süß. Wieso musste ich mich immer neben ihm blamieren. Meine Wangen brannten, ich war jetzt bestimmt ganz rot vor Scham. Das junge Mädchen legte mein Höschen, nach dem ich bezahlt habe, in eine braune Papiertasche. Die Tasche war einfarbig, ohne Aufschriebe, Bilder oder Werbung. Da war ich froh. Ich wollte nicht, dass jeder weiß wo ich war. Ich nahm meine Tasche und lief schnell aus dem Laden raus. Ich konnte nicht glauben, dass ich in einem Sexshop war und das ich ausgerechnet da

Marc treffe. Was hat er da gemacht? Was hat er vor mit den Handschellen? Mit wem spielt er den solche Sexspielchen? Diese ganzen Fragen sprangen bei mir im Kopf herum. Da spüre ich wie die Eifersucht in mir hoch steigt und ich kurz vorm weinen bin. Plötzlich höre ich Marc meinen Namen rufen. Ich drehe mich um und sehe wie er auf mich zu rennt. Er umarmt mich leicht und guckt mich an. "Hi Carla. Es ging da drin gerade alles so schnell. Wieso gehst du weg? Ich dachte wir reden einbisschen. Die Handschellen." Dabei hebt er die Tasche leicht hoch. „Die sind für einen Freund als Witz für sein Junggesellenabschied. Wie geht es dir?" Dabei lächelte er mich mit seinem süßen Lächeln an. Als ich gehört habe für wen die Handschellen sind, da fiel mir ein Stein vom Herzen und ich konnte sein Lächeln erwidern. „Mir geht es gut, naja eigentlich geht es mir nicht so gut. Ich habe deine Serviette, äh ich meine die Serviette wo du deine Nummer aufgeschrieben hast, irgendwo verloren. Ich konnte sie nirgends finden. Ich habe an dem Abend so geweint, das glaubst du gar nicht. Ich wollte dich so sehr anrufen. Ich sah am nächsten Tag schrecklich aus, das kann man sich gar nicht vorstellen" Er lachte laut auf und sagte:"Ich dachte erst mal, dass du dir Zeit lässt mit dem Anrufen und heute dachte ich schon, dass du vielleicht gar keine Lust auf mich hast. Zum Glück haben wir uns getroffen, auch wenn die Situation gerade etwas komisch war. Darf ich fragen mit wem du das Höschen ausprobieren möchtest?" und zeigte dabei auf meine Tüte. „Ähm, eigentlich war ich für meine Oma ein Geschenk kaufen und beim zurück laufen habe ich mich verlaufen und fand dabei diesen Laden hier und wurde neugierig. Die Handschellen habe ich eigentlich nur genommen weil ich gerade mit der ganzen Situation etwas überfordert war und nicht erwartet habe dich ausgerechnet da zu treffen. Gleichzeit freue ich mich, dich getroffen zu haben." Marc lächelte mich an. Bei seinem Lächeln würde ich am Liebsten dahin schmelzen. „Darf ich dich zu einem Eis einladen?", fragte mich Marc. Ich nickte und sagte:"Sehr gerne."

Wir liefen zusammen mit unseren Tüten zur nächsten Eisdiele und Marc erzählte mir, dass er durch seinen Kumpel von dem Sexshop erfahren hat und dort schon paar mal DVDs gekauft hat. Es war für mich in dem Moment so amüsant das von ihm zu hören, obwohl wir uns eigentlich noch gar nicht kennen.

In der Eisdiele nahmen wir Platz und ich bestellte mir ein Erdbeerbecher und ein Glas Wasser. Marc bestellte sich ein Früchtebecher und ein Glas Mineralwasser.

Marc erzählte mir:"Heute konnte ich etwas

früher frei machen, da ich von morgen bis Freitag nach Berlin auf eine Schulung fahren muss. Das ist schön, dass wir uns heute getroffen haben."

„Ich bin heute auch früher fertig geworden. Ich habe gestern Überstunden gemacht und jetzt habe ich zwei Wochen Urlaub."

„Oh, wow, das ist ja toll. Hätte ich es früher gewusst. Ich habe mir noch keine Gedanken über meinen Urlaub gemacht. Eigentlich wäre ich jetzt auch schon Urlaubsreif. Wenn ich von der Schulung zurück bin muss ich gucken ob ich mir auch Urlaub nehmen kann. Dann könnten wir vielleicht etwas Zeit zusammen verbringen?" Dabei grinste Marc mich mit seinem breitem Lächeln an.

Dann kam unser Eis. Es sah einfach köstlich aus. Wir aßen unser Eis und redeten weiter. Es ist so angenehm und so leicht sich mit ihm zu unterhalten.

Ich fragte ihn, was er arbeitet. Er ist Architekt. „Durch meine Arbeit habe ich schon so viele Immobilien gesehen, dadurch weiß ich ganz genau wie mein Haus in Zukunft aussehen soll. Carla, als was arbeitest du?" Fragte mich Marc. „Ich arbeite in der Werbung. Ich erfinde und entwickle die Werbung nach Wunsch des Kunden und verkaufe sie." „Wow, ich wusste gar nicht, dass es so ein Beruf gibt. Klingt sehr spannend, abwechslungsreich und kreativ. Das passt zu dir. Du, als Person bist sehr interessant." Seine Worte waren so schön und taten meiner Seele so gut sie zu hören.

Wir aßen unser Eis auf und tranken alles leer. Er bestand darauf mein Eis und das Wasser zu bezahlen. Ich bedankte mich. Plötzlich sagte Marc zu mir:"Als Dank darfst du mir deine neuen Höschen präsentieren." Dabei blinzelte er mir zu und lächelte mich an. Ich war von seinen Worten positiv geschockt und konnte gar nichts antworten. Meine Muskeln in der Scheide zogen sich zusammen und ich wurde feucht. Es hat noch keiner so etwas heißes zu mir gesagt und keiner hat mich mit nur ein paar Worten feucht bekommen. Mein Kopfkino begann schon. Ich stellte mir vor wie heiß ich den Höschen aussehe und wie ich Marc sie präsentiere und er mich genau beobachtet. Plötzlich sagte ich:" Okay." und wir

liefen aus der Eisdiele raus. Marc reichte mir seine Hand und fragte mich, wo mein Auto steht. Ich zeigte ihm und wir liefen Händchenhaltend zu meinem Auto. Ich konnte und wollte nichts sagen. Ich habe den Moment genossen und meine Schmetterlinge im Bauch fuhren Achterbahn.

Wir kamen an mein Auto und Marc sagte:"Leg deine Tüte in dein Auto und danach gehen wir in den Park spazieren, aber nur wenn du Zeit und Lust hast. Und kannst du meine Tüte auch kurz bei dir lagern." Ich nickte und sagte:"Natürlich habe ich Lust." Ich schloss mein Auto auf, legte schnell unsere Tüten rein und schloss wieder alles ab. Marc reichte mir seine Hand wieder und ich griff nach ihr. Händchenhaltend gingen wir Richtung Park. Ich kenne diesen Park, er ist lang, hat ein See mit Enten und Schwänen und viele Bänke um sich auszuruhen und die Natur einfach zu genießen. Da waren wir schon oft mit Rebecca joggen. Ich sagte zu Marc:"Ich mag diesen Park, da waren wir oft mit meiner besten Freundin Rebecca joggen." „Ja, ich mag den Park auch. Ich bin hier öfters am arbeiten. Wenn ich genug von meinem Büro habe, dann verlege ich mein Büro auf eine Bank in diesem Park. Da kann ich mich sogar besser konzentrieren als in meinem Büro. Ich habe mal gelesen, dass wir uns an der frischen Luft besser konzentrieren können. Das habe ich dann ausprobiert und es stimmt" Ich lächelte ihn an und war echt fasziniert. Ich wäre niemals so eine Idee gekommen.

Als wir im Park so liefen, Händchenhaltend und lächelten uns gegenseitig an, fühlte es sich einfach magisch an. Ich schaute Marc an und wollte ihn am liebsten umarmen, küssen und am Besten hier direkt auf der Wiese auf ihn steigen und mit ihm sehr lange Liebe machen. Ich hatte bis jetzt noch kein Sex im Freien. Vielleicht wird es mit Marc mein erstes Mal. Ich sah, dass Marc sehr nachdenklich wirkt und fragte ihn:"An was denkst du?" Er guckte schnell zu mir rüber, lächelte mich an und sagte:"An nichts, ich genieße einfach die Zeit mit dir." „Ich auch." Grinste ich ihn an.

Ich konnte es gar nicht glauben, dass wir hier zusammen und das auch noch Händchenhaltend spazieren gehen. Wenn ich überlege wie traurig ich vor zwei Tagen war. Wie schlecht es mir ging. Ich konnte mir gar nicht vorstellen, dass es alles so kommt. Das ich noch mal die Chance bekomme ihn zu treffen. Ich bin einfach glücklich. Jetzt versuche ich es einfach zu genießen.

Wir liefen den Weg entlang und sahen ein eng umschlungenes Pärchen auf der Bank knutschen. Wir guckten uns plötzlich gegenseitig an und mussten lachen. Marc sagte:"Ja, die zwei machen es richtig. So muss es sein, einfach sein Glück überall geniesen und an niemand anderen denken." „Ja, da hast du recht. Ich könnte es auch so. Da habe ich keine Scham. Wenn ich etwas will, dann mache ich es so wie ich es möchte. Ich hatte schon paar mal Sex im Auto, auf einem Parkplatz und du?" Marc guckte mich ganz überrascht an und hielt sich plötzlich am Herz und sagte:"Oh, jetzt hast du mich richtig tief getroffen. Ich wäre es lieber mit dem du das erste Mal im Auto Sex hättest. Ich hatte es nämlich noch nicht. Aber vielleicht kannst du es mir mal zeigen." Dabei blinzelte er mir zu und lächelte mich an. Dann nahm er wieder meine Hand und wir liefen weiter. „Klar kann ich dir das mal zeigen." In meinem Bauch zog sich alles vor Glück zusammen und ich wurde richtig feucht. Ich umarmte mit der anderen Hand sein Arm und lehnte mich etwas an ihn. Er guckte zu mir rüber und grinste mich an. Er ließ meine Hand los und legte sein Arm um meine Schulter und ich meine Hand auf seine Hüfte und so liefen wir weiter entlang des Sees. Es war richtig schön. So etwas hatte ich noch nie. Wenn ich mit jemandem unbekanntem Sex hatte, dann nur für eine Nacht und danach war er weg. Aber so spazieren zu gehen, umschlungen, ganz nah, seinen Körper zu riechen, der einfach wunderbar riecht, so etwas hatte ich noch nie. Ich weiß bis jetzt nur paar Sachen über ihn, aber ich habe das Gefühl, dass ich ihn schon eine Ewigkeit kenne. Ich möchte ihn gar nicht los lassen und auch nicht reden sondern das alles einfach genießen.

Plötzlich hatte ich das Bedürfnis ihn zu fragen ob er mit zu Omas Geburtstag mit gehen mag:" Marc, ich will dich was fragen." „Hoi, so ernst, da bin ich mal gespannt," sagte er grinsend. „Also, meine Oma wird am Samstag 80 Jahre alt und sie feiert ihr Geburtstag in einem Restaurant." „Wow, was für ein Alter, Respekt und sie feiert es auch noch. So fit will ich auch in so einem Alter sein." sagte Marc. Bei diesen Worten musste ich lächeln. „Hm, also ich habe keinen Freund und keinen Ehemann und werde ja auch nicht jünger. Immer wenn ich meine Oma treffe fragt sie mich über einen Freund aus und sagt, dass meine innere Fruchtbarkeitsuhr schon tickt und ich kriege bald keinen mehr ab und so weiter. Daher hatte meine Mama eine super Idee und zwar dass ich jemanden frage, der sich als mein Freund ausgibt. Gerade habe ich das Bedürfnis es mit dir zu machen. Damit würde ich meine Oma sehr glücklich machen. Magst du zu meiner Oma mit kommen?" Marc hörte ganz genau zu, lächelte mich an und sagte:"Du bist ja süß. Ich würde gerne mit kommen und dein Freund sein." Ich sprang vor Freude auf und ab. Über seine Worte habe ich mich sehr gefreut. „Oh wow, das freut mich. Ich schicke dir später dann die Adresse und du kommst vielleicht dann direkt hin. Ich fahre nämlich morgen schon los um mit meiner Familie etwas Zeit zu verbringen. Ich habe zwei Brüder und beide haben schon Kinder. Sie sind so süß und ich liebe es mit ihnen Zeit zu verbringen. Ich stelle dir alle vor, wenn du magst? Du darfst mit mir bei meinen Eltern übernachten. Da gibt es genug freie Zimmer." „Okay, wenn ich es darf, sehr gerne."

Plötzlich klingelte Marcs Handy. Wir hielten an, er nahm sein Handy aus der Hosentasche, guckte auf den Display und sagte:"Oh nein, tut mir leid, aber es ist wichtig." Er ging paar Schritte von mir weg und nahm ab. Ich konnte nur hören wie er fragte:"Wieso jetzt, kann es nicht warten?

Okay, okay ich komme." Dabei lief er auf und ab.

Marc kam auf mich zu und schaute etwas traurig. Er nahm meine Hände, sah mich an und sagte:"Es tut mir echt leid. Ich muss leider meinen Kumpel abholen. Er kommt morgen mit zu der Schulung und übernachtet heute bei mir, damit wir morgen früh direkt los fahren können. Ich muss ihn vom Bahnhof abholen, er steht schon da und wartet. So ein Vollidiot, eigentlich sollte er gegen 20 Uhr kommen. Es tut mir echt leid. Ich wäre sehr gerne noch mit dir hier weiter spazieren gegangen und vielleicht auch mehr," grinste er mich an.

Ich war richtig enttäuscht und traurig doch ich zeigte es Marc nicht. Ich wollte ihm keinen schlechten Gewissen machen. Daher antwortete ich nur:"Ist schon okay. Wir sehen uns nach deiner Schulung ja wieder. Guck, wenn wir jetzt hier abbiegen, dann kommen wir bei meinem Auto wieder raus", zeigte ich nach rechts auf die andere Straßenseite. „Ja, das ist eine gute Idee. Um wie viel Uhr beginnt die

Geburtstagsfeier?" fragte mich Marc. „Um 12 Uhr beginnt es. Erst gratulieren alle und danach gibt es Essen. Meine Oma bestellt immer verschiedene Speisen und davon viel. Sie hat Angst, dass wir verhungern." Dabei mussten Marc und ich lachen.

Ich finde es so schade, dass er jetzt fahren muss und wir uns erst am Samstag wieder sehen, aber ich finde es so süß von ihm dass er mich zu meiner Oma begleitet. Ich kann jetzt kaum abwarten wann Omas Geburtstag ist.

Da waren wir schon an meinem Auto angekommen. Wir haben uns echt beeilt. Plötzlich standen wir uns gegenüber und Marc streckte mir seine Hand hin und sagte:"Gib mir bitte dein Handy." Ich holte mein Handy aus meiner Tasche heraus und gab es ihm. Er tippte seine Nummer und Name ein und ließ von meinem Handy auf sein Handy klingeln. Dann gab er mir mein Handy wieder zurück." So jetzt hast du meine und ich deine Nummer. Jetzt verlieren wir uns auf gar keinen Fall mehr." Er nahm sein Handy und speicherte meine Nummer bei sich unter Carla Mausi ein. Das fand ich so süß und könnte Luftsprünge machen. Er sagte grinsend:"Könnte ich bitte meine Tüte wieder haben?" „Oh, ja klar." Ich schloss mein Auto auf, holte die Tüte von meinem Sitz und gab ihm sie. Er nahm die Tüte mit meiner Hand zusammen und zog mich an sich. Unsere Gesichter waren ganz nah aneinander. Ich konnte seinen warmen Atem spüren. Ich spürte die Energie zwischen uns, wie sie knisterte und bei mir zog sich im Bauch alles zusammen. Ich wollte ihn so sehr, dass ich mich zusammen reisen musste. Er atmete tief durch und sagte:"Ich finde es so schade, dass ich jetzt gehen muss. Am liebsten hätte ich mehr Zeit mit dir verbracht." Und dann küsste er mich, ganz sanft. Ich erwiderte seinen Kuss. Es war so sanft und lecker. Von seinem Kuss wurde ich so richtig feucht. So feucht, dass ich das Gefühl hatte nicht mehr laufen zu können. Wie soll ich mich jetzt befriedigen. Ich werde jetzt nicht mehr schlafen können. Dann küsste er mich noch mal kurz, sagte:"Tschüss Carla Mausi." und ging. Ich stand wie angewurzelt neben meinem Auto und konnte mich kaum bewegen. Wie geil war es den bitte. Ich lächelte ihn nur an und stieg dann langsam in mein Auto ein. Ich verstand es nicht richtig. Es war wie im Traum. Es war so schnell vorbei und einfach das schönste was ich bis jetzt erlebt habe.

Ich startete mein Auto und schaute auf die Uhr. Es war schon 18:30. Die Zeit verflog wie im Fluge. Es war einfach so schön mit Marc. Es war viel besser, als ein geplanter Date, wo alles so verkrampft ist. Mit Marc ist es einfach. Bei ihm habe ich gar keine Scham, ich kann sagen was ich will und kann ich sein. Ich muss mich nicht verstellen um ihm zu gefallen.

Ich schaute in alle Richtungen und fuhr langsam los nach Hause. Während der Fahrt fühlte ich mich wie auf Wolke sieben. Ich ging die ganze Zeit die Gespräche und den Kuss noch mal im Kopf durch und bekam jedes Mal eine Gänsehaut wenn ich nur daran dachte wie schön es war. Es war mein bester Kuss, den ich bis jetzt hatte.

Zu Hause angekommen, musste ich mich erst mal sammeln. Ich musste überlegen, ob das wirklich so passiert ist. Ich nahm mein Handy und guckte bei den letzten Anrufen und da stand Marc und dahinter ein Herzchen. Er hat mir seine Nummer so in mein Handy eingespeichert. Voll süß von ihm. Ich trank etwas Wasser und entspannte mich einbisschen auf dem Sofa. Mir ist dann eingefallen, dass ich so richtig feucht geworden bin als Marc mich geküsst hat und geschwitzt habe ich auch. Daher entschied ich mich duschen zu gehen und dadurch etwas zu entspannen.

Nach dem Duschen zog ich meinen rosa Pyjama an. Die bestand aus einem Top und Shorts. Die Shorts waren so kurz, dass sie wie Unterhosen aussahen. Man konnte die ganzen Pobacken sehen. Ich liebe dieses Pyjama. Darin fühle ich mich richtig sexy. Ich föhnte meine Haare einbisschen, dass sie nicht tropfen und den Rest ließ ich lufttrocknen. Ich legte mich auf mein Sofa, schaltete den Fernseher an und nahm mein Handy in die Hand um Rebecca anzurufen und sah dass eine Nachricht von ihr kam. „Hallo Süße, Sorry, dass ich mich nicht gemeldet habe, aber ich bin heute morgen mit meinem Moritz nach Spanien, für zwei Wochen gereißt. Wir machen Urlaub in seiner Villa. Wenn ich wieder komme, dann komme ich zu dir und erzähle dir alles. Viel Spaß dir noch! Tschüssi, Kussi."

Ich war ganz geschockt von der Nachricht. Ich erkenne meine Freundin nicht mehr wieder. Da bin ich mal gespannt, was sie erzählt wenn sie wieder da ist.

Ich verspürte Hunger und überlegte was ich mir zum Essen bestelle. Plötzlich kam eine Nachricht. Ich dachte, dass Rebecca wieder geschrieben hat. Ich sah auf mein Handy und konnte gar nicht glauben, was ich da sah. Marc hat mir geschrieben. Ich öffnete ganz schnell die Nachricht und da stand:

„Hallo Mausi. Ich bin jetzt wieder zu Hause und es war richtig einsam ohne dich. Ich vermisse dich jetzt schon. Wie soll ich es den ohne dich die nächsten Tage aushalten?! Und ein Kusssmiley." .

Ich schrieb ihm sofort zurück. „Ich liege auf

meinem Sofa und gucke Fernsehen, aber es läuft nichts interessantes. Mit dir hier zu liegen wäre jetzt viel schöner. Ich fand es heute sehr schön mit dir und vermisse dich daher sehr. Kussi"

Ich konnte kaum abwarten, bis er mir zurück schreibt und starte auf mein Handy. Da kam eine Nachricht von ihm. Ich freute mich wie ein kleines Kind und öffnete sie sofort.

„Ich habe mich auch aufs Sofa hin gelegt. Mein Kumpel hat mein Bett bekommen. Aber hier auf dem Sofa ist es sehr unbequem.

Ich fand den Nachmittag mit dir auch sehr schön. Ich freue mich schon auf Samstag."

Ich las die Nachricht sofort und antwortete:"Mein Bett ist weich, magst du es mal testen? Blinzelnden Smiley dazu geschrieben.

Ich habe Hunger. Ich überlege mir gerade etwas zu bestellen. Was gibt es bei dir heute Abend zu essen?."

Ich schickte ab und konnte kaum seine Antwort abwarten. Ich fand es so schön, dass wir uns gegenseitig schreiben. Es ist viel schöner, als ich es mir vorgestellt habe. Ich bin richtig aufgeregt und meine Schmetterlinge im Bauch fahren Achterbahn.

Da kam eine Antwort von ihm und ich öffnete sie sofort. Er schrieb:"Gib mir bitte deine Adresse, ich komme und teste gerne deine

Matratze. Blinzelnder Smiley und Herz".
Was?! Er fragt nach meiner Adresse und will
kommen oder ist es nur so etwas wie flirten.
Mein Herz pocht wie verrückt. Ich möchte
unbedingt, dass er kommt, aber ich glaube
nicht, dass er das ernst meint. Er muss doch
morgen früh raus. Und wenn er doch kommt,
was mache ich dann? Ich spürte wie aufgeregt
ich wurde und wie meine Hände schwitzten und
im Bauch und unten rum alles vibrierte und sich
zusammen zog. Ich möchte, ich wünsche mir
sogar, dass er kommt. Ich schrieb ihm meine
Adresse und fügte noch ein Herzchen hinzu
und schickte ab. Ich wartete auf seine Antwort,
aber es kam nichts. Er ist bestimmt
eingeschlafen. Ich guckte andauernd auf mein
Handy, aber keine Nachricht. Ich war richtig
enttäuscht und unbefriedigt. Ich bin schon seit
Tagen auf ihn scharf und werde nicht befriedigt.
Das macht meine Laune langsam kaputt. Ich
muss mich mal im Internet informieren, was es
so zur Selbstbefriedigung gibt. Früher habe ich
es nie gebraucht. Ich habe immer jemanden
gefunden mit dem ich Sex haben kann wenn
ich es sehr wollte, aber jetzt wollte ich nur Marc
und keinen anderen. Ich ekele mich sogar wenn
ich an andere denke. Okay, egal, ich gucke jetzt
erst mal im Internet, vielleicht gibt es da etwas
interessantes zur Selbstbefriedigung und dann
warte ich bis Samstag. Vielleicht will er mich

dann auch. Vielleicht sind wir ja auch schon ein Paar. Wir haben beim spazieren gehen Händchen gehalten und zur Verabschiedung geküsst. Ich hoffe er will nicht nur mit mir ins Bett und dann sagt er es war schön und das wars. Das würde mich sehr verletzen. Er ist der Mann meiner Träume. Ich möchte den Rest meines Lebens mit ihm verbringen.

Ich gab im Internet Selbstbefriedigung ein und da kamen ganz viele Sexvideos raus. Ich habe eins angeguckt, dann das zweite und beide waren zu viel ins Detail erzählt und gezeigt. Es waren für mich schon richtige Pornos. Davon bekam ich noch mehr Lust. Ich wollte jetzt noch mehr. Schade, dass ich Marcs Adresse nicht gefragt habe. Sonst hätte ich meine neuen Höschen angezogen und zu ihm hingefahren. Plötzlich klingelt es an der Tür. Ich war so in meine Gedanken und die Videos vertieft, dass ich mich richtig erschreckt habe bei dem Klingeln. Ich sprang hoch und dachte, wer könnte es sein. Ich nahm den Hörer ab, aber keiner antwortete, stattdessen klopfte es an der Tür und da sagte eine wunderschöne Männerstimme:"Carla, ich bin es Marc. Darf ich rein kommen?" Ich konnte es kaum glauben. Ich rannte schnell zur Tür und öffnete sie. Er streckte mir eine rote Rose entgegen und in der anderen Hand eine Tüte mit chinesischem Essen. Ich liebe chinesisches Essen. Das war eine wunderschöne Überraschung. Ich lächelte ihn an, nahm alles entgegen und bedankte mich. Ich drehte mich um und brachte alles an den Tisch und plötzlich spürte ich Marc hinter mir stehen. Er umarmte mich von hinten und fing mein Hals anzuhauchen und zu küssen. Ich bin fast davon geschmolzen. Ich wurde richtig feucht. Er drückte sein Körper an meinen und ich spürte wie hart sein Penis gegen mein Po drückte. Es fühlte sich einfach heiß an. Ich drehte mich zu ihm um und wir sahen uns direkt in die Augen. Er fing mich ganz sanft an zu küssen und ich machte mit. Er hob mich hoch und setzte mich auf mein Tisch. Oh, so wurde ich auch noch nie hingesetzt. Mit Marc erlebe ich alles zum ersten Mal. Er weiß wie man es machen muss, dass eine Frau sich zu ihm hingezogen fühlt. Irgendwann mal frage ich ihn, wo er das alles gelernt hat.

Er zog mein Schlaf T-Shirt aus und drunter war ich nackt. Er stöhnte laut auf, als er meine Brust ansah. „Die sind in echt noch schöner, als ich sie mir vorgestellt habe," sagte Marc mit ganz heißer Stimme und fing sie an zu küssen. Ich war in dem Moment auf Wolke Sieben. Ich fand es so schön, dass er sich meine Brüste vorgestellt hat.

Meine Hände lagen ganze Zeit auf seinen Oberarmen. Er hat einen schönen durchtrainierten Körper. Er hatte ein weißes T-

Shirt an und das stand ihm sehr gut. Ich zog
sein T-Shirt aus. Marc hob mich hoch und hielt
mich am Po fest. Meine Brüste drückten gegen
seinen Oberkörper. Es fühlte sich so gut an
seinen Körper zu berühren. Ich schlang meine
Arme um sein Hals und legte mein Kopf auf
seine Brust. Er fragte mich:"Wo ist den die
Matratze, die ich testen sollte?" und grinste
dabei richtig breit. Ich musste so lachen und
zeigte mit meinem Kopf Richtung Schlafzimmer
und küsste ihn dafür, dass er so süß ist. Er
brachte mich ins Schlafzimmer und legte mich
auf mein Bett. Dann zog Marc meine Shorts mit
meinem Slip aufeinmal aus, bückte sich über
mich, küsste mein Bauch und wanderte
langsam runter. Ich vergrub meine Hände in
seine Haare und stöhnte laut auf. Er kam
wieder hoch, zog seine Jeans aus und legte
sich auf mich drauf und küsste mich wieder auf
den Mund. Er guckte mich an und streichelte
mich an meiner Stirn. „Carla, du bis so schön
und sexy, ich möchte dich so sehr. Darf ich
ohne Kondom rein oder nimmst du keine Pille?
Ich will dich so sehr komplett spüren." Ich nickte
nur und spreizte meine Beine etwas
auseinander und in dem Moment berührten sich
unsere Geschlechter und wir stöhnten beide
auf.
Er hob sich leicht an und drang langsam in
mich ein. Das war einfach wunderschön. Er

bewegte sich in mir ganz sanft und langsam und wir küssten uns. Dann wurde er immer schneller und stöhnte immer wieder auf. Ich musste auch stöhnen und sagte immer wieder:"Ja, Ja, das ist schön." Marc stöhnte:"Carla, du bist so heiß, hmmm, Carla, oh Carla." Er wurde immer schneller und schneller und ich wusste nicht mehr wo unten und oben ist. Es war einfach nur schön. Ich fühlte mich wie ein ganzes an. Als ob wir zusammen verschmolzen sind. Bei jedem Stoß mit seinem Penis musste ich laut aufstöhnen. Ich hielt mich an seiner Hüfte fest. Ich wollte mehr und mehr und plötzlich stoß er noch einmal stark in mich ein, ich stöhnte laut auf und er kam aus mir raus. Er hielt sich sein Penis in der Hand, stöhnte paar Mal laut auf und legte dann sein Oberkörper auf mein ab. Ich konnte nicht verstehen, was passiert ist. So etwas hatte ich noch nie. Ist er jetzt gekommen oder nicht. Oder will er jetzt noch ein Kondom drüber anziehen. „Oh Carla, das war so schön. Ich konnte nicht fahren um mit dir geschlafen zu haben. Ich hätte nicht schlafen können. Du bist so geil." Ich guckte ihn nur an und konnte gar nichts verstehen."Entschuldige dass ich es jetzt frage, ich fand es auch sehr schön, aber willst du jetzt noch ein Kondom oder wieso bist du jetzt plötzlich raus? Oder ist etwas passiert? Ich kenne so etwas nicht. Ich habe bis jetzt mit

Kondom zusätzlich verhütet und alle sind in mir gekommen."

Er lachte kurz auf und sagte:"Nein, es war alles super, es ist nichts passiert. Ich wollte nur nicht in dir kommen, daher bin ich kurz bevor ich gekommen bin raus gegangen. Ich gehe jetzt kurz in dein Badezimmer und wasch in kurz ab und wir sind beide sauber. Ich finde es praktisch." „Ah, Okay. Das klingt gut. Mein Badezimmer ist am Eingang. Ich warte hier auf dich." Dabei grinste ich ihn an. Er stand ganz vorsichtig von meinem Bett auf, hielt dabei sein Penis in der Hand und ging langsam ins Badezimmer. Paar Minuten später kam er wieder zu mir ins Bett und legte sich dazu. Er nahm mich in die Arme und küsste dabei mein Kopf. Er fragte mich:"Hast du Hunger?" Ich nickte.

Er stand auf, nahm mich auf seine Arme und trug mich auf mein Sofa. Er deckte mich zu und ging in die Küche. Ich wurde nicht mal so oft auf den Händen getragen wie in der letzten halben Stunde. „Das ist echt süß von dir, dass du mich nicht verhungern lässt." „Ich habe auch Hunger und eigentlich wollte ich dich heute Abend zum Essen einladen und danach dich zu mir ins Auto locken",blinzelte er mich an. „Aber leider hat mein Kumpel meine ganzen Pläne kaputt gemacht. Aber ich finde, dass es jetzt so besser ist. Den mit dir im Bett war es viel schöner und bequemer und du hast eine sehr bequeme Matratze. Die würde ich sehr gerne öfters testen." Dabei lächelte er mich an. Ich lächelte zurück und sagte:" Oh ja, sehr gerne sogar." Marc machte paar Schubladen auf und fand mein Besteck. Er öffnete das Essen auf und stellte es an den kleinen Tisch vor dem Sofa. Es gab Sushi, gebratene Nudeln mit Gemüse, gebratenen Reis und Ente. Es sah einfach alles sehr lecker aus. Marc ging wieder in die Küche und machte weitere Schränke auf und fand Gläser und Teller. Er brachte auch die Getränke, die auf dem Küchentisch standen, rüber. Ich fand es sehr schön ihn dabei zu beobachten, wie er uns das Essen herrichtet und das alles ganz nackt. Ich schaute Marc ganz verliebt an und sagte:"So etwas hat ein Mann für mich noch nie gemacht, so ganz nackig. Ich liebe es jetzt schon und das darfst du gerne öfter machen." Er kam zu mir rüber und küsste mich auf den Mund. Von seinem Kuss musste ich stöhnen. Es war ein richtig tiefgründiger Kuss, als ob er mich gleich verschlingt und gleichzeitig war es sehr sanft. Marc setzte sich ganz nah an mich ran, so, dass sich unsere Oberarme berührten und deckte sein Penis mit der Decke etwas zu. Marc bediente uns. Er legte mir von allem ein bisschen auf mein Teller. Ich wollte mir gerade etwas zu Trinken auffüllen und da nahm er mir die Flasche ab und schenkte uns beiden etwas ein. „Wow, wie perfekt du bist. Danke. Du bist echt süß. Ich bin gerade richtig glücklich." Er grinste mich an und sagte:" Das mache ich sehr gerne und perfekt bin ich nicht, das ist keiner." Er gab mir einen Kuss auf den Mund und sagte:"Guten Appetit." „Guten Appetit mein perfekter Mann." Er guckte mich an, schüttelte leicht den Kopf, lächelte leicht und fing an zu essen.

Während dem Essen lehnte ich mich öfters an ihn ran. Er gab mir immer wieder einen Kuss auf meine Stirn. Es war einfach perfekt. So möchte ich es immer haben.

Als wir fertig waren mit dem Essen, stand er auf und fing an das ganze Geschirr aufzuräumen. Ich wollte ihm helfen, aber er sagte:"Nein, bleib sitzen, ich mache es gerne."

Ich war ganz geschockt von der Situation. Ich wurde noch nie so umsorgt. Als Marc sich zu mir hinsetzte, umarmte ich ihn und legte meine Kopf auf seine Schulter und sagte:"Siehst du, du bist perfekt." Er lehnte sich von mir etwas weg, so, dass wir uns angucken konnten und fing mich an zu küssen. Er zog mich auf sich, so, dass ich auf seinem Schoß saß. Ich spürte wie sein Penis ganz hart wurde und dadurch musste ich laut stöhnen. Ich liebe seinen Körper. Einfach alles an ihm. Ich liebe ihn einfach. Das ist wahre Liebe. So etwas habe ich noch für keinen Mann empfunden. So muss sich nur Liebe anfühlen. Marc hob mich leicht an und nahm seinen steifen Penis in seine Hand und richtete ihn an meine Scheide. Ich sank ganz langsam runter, so dass er langsam in mich eindrang. Es hat sich einfach wunderschön angefühlt. Ich bewegte mich auf und ab. Marc massierte und küsste nebenbei meine Brust und streichelte zwischendurch meinen Rücken. Ich habe eine Gänsehaut bekommen und wurde dadurch noch heißer. Es war einfach alles so perfekt und einfach mit ihm.

Plötzlich hob er mich an, so dass ich aus ihm raus kam und stellte mich auf den Boden. Er fragte mich:"Sollen wir im Stehen von hinten versuchen?" Ich nickte und sagte:"Klar, mit dir alles." Er grinste und seine Augen leuchteten. Wir küssten uns noch mal richtig und dann duckte ich mich etwas und hielt mich an der Lehne meines Sofas fest. Marc drang von hinten in mich rein. Seine Hände lagen auf meiner Hüfte. Es fühlte sich einfach wunderschön an. Ich fühlte mich wunderschön und ich hatte das Gefühl, dass es für immer so sein wird. Marc bewegte sich erst mal langsam und ich musste bei jedem seinem Stoß stöhnen. Er wurde immer schnelle und ich hörte nur:"Oh Baby, du bist so heiß. Wow, ah, Wow. Ich will dich die ganze Nacht." Und dann zog er sich wieder aus mir heraus, stöhnte laut auf und lehnte sich an mich. „Carla, es war einfach unglaublich." Er küsste mich und fragte:"Sollen wir zusammen duschen?" „Sehr gerne." Es lief alles wie im Film ab. Ich konnte gar nicht glauben, dass das alles mit mir passiert. Marc nahm meine Hand und wir gingen unter die Dusche. Das Wasser lief runter und wir küssten uns ganz wild. Marc drückte mich ganz fest an sich und hielt mich an meinen Po Backen. Dann nahm er mein Duschgel und ließ etwas auf meinen Schwamm drauf laufen und schäumte mich damit ein. „Du bist so schön Carla." Ich lächelte ihn an. Wir küssten uns und danach nahm ich ihm den Schwamm weg und schäumte seine Oberarme und seinen Oberkörper ein. „Ich liebe dein Körper, er ist perfekt," sagte ich zu ihm. Er packte mich am Po, drückte mich fest an sich und wir küssten uns. Ich wollte nicht, dass es aufhört. Es war einfach schön.

Marc nahm mein Shampoo, ließ in meine Hand etwas rein laufen und in seine. Er hat sich mit meinem Shampoo und Duschgel gewaschen. Das fand ich so witzig. Als wir mit Duschen fertig waren, trockneten wir uns ab. Wir guckten uns in die Augen und mussten laut lachen. Wir umarmten uns und standen paar Minuten so da. Danach nahm Marc mich hoch auf sein Arm, brachte mich ins Schlafzimmer und legte mich aufs Bett. Er legte sich zu mir dazu. Wir deckten uns zu und lagen ganz nah umschlungen miteinander. „Es ist so schön mit dir, am liebsten würde ich die Fortbildung absagen und mir für die nächsten Tage Urlaub nehmen. Aber leider geht es nicht," sagte Marc. „Darf ich bei dir schlafen und würde dann morgen früh losfahren und meinen Kumpel und meine Sachen zu Hause holen?" „Oh ja, gerne,"antwortete ich und kuschelte mich noch enger an Marc heran. Er nahm sein Handy, stellte den Wecker, aber ich habe nicht geguckt auf wie viel Uhr und umarmte mich wieder und gab mir einen Kuss auf die Stirn. Wir lagen einfach nur da. Sein warmer Körper war so angenehm. Es fühlte sich alles so normal an, als ob wir jeden Abend so zusammen einschlafen. Es war einfach wunderschön. Ich möchte unbedingt jeden Abend so einschlafen und für den Rest meines Lebens. „Marc, darf ich dich was fragen." Es kam keine Antwort. „Marc?" Ich guckte hoch und sah, dass er eingeschlafen ist. Er sieht einfach süß und wunderschön aus. Ich gab ihm kurz einen Kuss auf die Lippen, kuschelte mich an ihn ran und schlief ein.

Als ich meine Augen aufmachte war es schon richtig hell. Die Sonne schien direkt auf mich durch mein Fenster. Es war schön warm. Heute wird wahrscheinlich wieder ein schöner sommerlicher Tag. Plötzlich fiel mir ein, was gestern Abend war. Ich drehte mich sehr schnell auf die Seite, aber Marc war nirgends zu sehen. Habe ich das alles nur geträumt? Mir wurde es ganz schlecht. Oh nein, hoffentlich nicht. Ich möchte, dass es wahr war. Es war nämlich so schön. Ich hob schnell die Decke hoch und sah, dass ich komplett nackig war. Also kann ich es nicht geträumt haben. Ich nahm mein Handy um zu gucken wie viel Uhr wir haben und es war schon 9 Uhr morgens. Dann sah ich auf dem Display, dass ich eine Nachricht habe. Die Nachricht war von Marc. Mein Herz pochte ganz laut. Ich war ganz aufgeregt. Ich öffnete schnell die Nachricht und da stand:" Guten Morgen Carla Mausi. Du hast heute morgen so süß geschlafen und bist von meinem Wecker gar nicht wach geworden. Darum habe ich mich entschieden dich nicht zu wecken und habe dir nur einen kleinen Kuss gegeben. Am Samstag gibt es dann mehr. Ich melde mich heute Abend wieder.

PS: Ich habe kurz deine Schlüssel ausgeliehen und sie wieder zurück gebracht. Guck mal auf den Esstisch."

Ich sprang schnell aus dem Bett und rannte in die Küche. Auf dem Tisch stand ein Kaffee und ein Croissant. Oh mein Gott ist er süß. Diese kleinen Gesten, sind einfach ein Traum. Ich verliebe mich mit jeder Sekunde immer mehr in ihn. Ich ging noch mal in mein Schlafzimmer und zog mir Unterwäsche und einen Bademantel an und ging wieder zurück zum Esstisch. Ich nahm mein Croissant und Kaffee und setze mich auf mein Sofa. Ich nahm ein Schluck von meinem Kaffee und biss von dem frisch gebackenem Croissant etwas ab und fing an eine Nachricht an Marc zu schreiben. „Guten Morgen mein perfekter Mann. Das ist so süß von dir mir so eine Überraschung zu machen und so ein tolles Frühstück hinzu stellen. Vielen Dank dafür. Es tut mir leid, dass ich nicht wach geworden bin um dich zu umarmen und dich zu küssen. Aber es holen wir ganz bestimmt nach. Ich wünsche dir viel Spaß auf der Fortbildung und ich freue mich schon auf deine Nachricht. Küsschen."

Ich konnte das alles kaum glauben. Es war einfach so perfekt. Schade, dass er eine Fortbildung hat, aber die Zeit verfliegt schnell. Ich fahre zu meinen Eltern und lenke mich da ein bisschen ab. Ich aß mein Croissant auf, ging ins Schlafzimmer und zog meine bequemen Sachen an. Ich hatte nämlich vor zu putzen. Das mache ich immer so, wenn ich vor habe etwas länger weg zu fahren. Ich mag es nach Hause zu kommen und es ist sauber. Ich putzte mir die Zähne und machte einen hohen Pferdeschwanz, schaltete ein Radiosender mit Musik ein und fing an zu putzen. Ich war so gut gelaunt, dass ich während dem Putzen getanzt und gesungen habe und rum gehüpft. Ich war einfach glücklich. Als ich mit dem Putzen fertig war, ging ich noch duschen. Ich knotete meine nassen Haare in ein Handtuch ein und ging nackig in mein Zimmer. In meinem Schlafzimmer zog ich mir meine weiße Unterwäsche an und fing an zu packen. Ich habe zwei Reisetaschen voll gepackt, dass ich auch ja alles habe falls ich etwas brauche. Falls es heiß wird oder etwas kalt, dass ich für jede Situation etwas zum Anziehen habe. Und dieses Mal muss ich noch etwas festliches einpacken. Ich habe mein neues rotes Kleid mit genommen. Ich wollte es zum ersten Date mit Marc anziehen, aber ich kann es nicht mehr abwarten ihm das Kleid zu präsentieren, darum habe ich mich entschieden es auf Omas Geburtstag zu tragen.

Ich zog mir meine Jeansshorts an und einen weißen Top. Damach nahm ich meine Koffer und trug sie ins Auto. Draußen war es nicht mehr so warm und die Sonne war auch irgendwo hinter den Wolken verschwunden. Es sah so aus als ob es gleich gewittern wird. Ich ging noch mal rein und föhnte meine Haare. Meine Haare band ich zu einem hohen Pferdeschwanz und zog noch eine Jeansjacke drüber. Ich guckte noch mal in der Wohnung, ob ich alles ausgeschaltet habe und ging danach zum Auto. Plötzlich verspürte ich Hunger und guckte auf die Uhr. Es war schon 15 Uhr. Kein Wunder, dass ich Hunger habe. Mittagszeit ist schon lange vorbei.

Ich habe mich noch entschieden etwas zu Essen und bin in ein Dönerladen gefahren und habe mir ein Döner mit Cola bestellt. Ich saß im Autor, habe meinen Döner gegessen und dazu Radio gehört. Im Radio wurde gesagt, dass es nirgends ein Stau gibt. Da war ich sehr froh darüber. Das war der Vorteil wenn man zwischen der Woche irgendwohin fährt. Als ich mit dem Essen fertig war, schrieb ich meiner Mama, dass ich raus fahre. Ich hatte eine Stunde Autofahrzeit vor mir. Ich musste auch kurz über eine Autobahn fahren. Während der Fahrt hörte ich weiterhin Radio und sang mit. Ich hatte einfach super Laune. Ich ging den gestrigen Abend ganze Zeit im Kopf durch und konnte es kaum glauben. Marc ist so süß und einfach sexy. Ich kann kaum abwarten bis es Samstag wird und wir uns wieder sehen. Ich hoffe die Zeit verfliegt schnell.

Als ich bei meinen Eltern ankam konnte ich es schon gar nicht abwarten ins Haus zu gehen und sie zu umarmen. Ich hatte einen Schlüsseln vom Haus meiner Eltern. Ich ging ganz langsam rein und roch die Köstlichkeiten aus der Küche. Ich lief direkt dem Geruch nach und landete in der Küche. Meine Mama stand am Herd und kochte etwas köstliches. In der Küche lief ihre Lieblings CD. Plötzlich drehte sie sich um und erschrak. Als sie sich etwas beruhigt hat, da rannte sie zu mir hin und umarmte mich und drückte mich fest an sich. Ich umarmte sie auch. „Wie schön, dass du da bist Carla. Wie war die Fahrt?," fragte meine Mama. „Ich freue mich auch sehr. Die Fahrt war gut, ohne Staus. Das ist dann immer am besten. Was kochst du so leckeres?" „Das ist schön. Ich habe im Ofen Kartoffeln mit Hühnchen und am Herd mache ich zum Nachtisch Kaiserschmarren." „Hmmm, lecker." „Papa kommt auch bald von der Arbeit nach Hause und dann können zu Abend essen." „Okay, ich bringe so lange meine Koffer ins Gästezimmer. Wann kommen eigentlich Nick und Andrew? Oder kommen die direkt ins Restaurant?," fragte ich. Meine Brüder wohnen nämlich nicht so weit weg von meinen Eltern, wie ich. Zu ihnen muss man ungefähr 15 und 20 Minuten fahren. „Ja, genau, die sehen wir erst im Restaurant, da beide arbeiten müssen." antwortete meine Mama. „Okay dann fahre ich morgen zum Andrew und übermorgen zu Nick." „Ja, das ist eine gute Idee. Du kannst ja deine Sachen einräumen und dich etwas erholen. Wenn Papa wieder da ist, dann kannst du zum Essen runter kommen." „Okay Mama, danke." Ich holte aus dem Auto meine Koffer und brachte sie ins Gästezimmer. Mein Kleid und alles was zerknittern kann hängte ich in den Schrank und hörte plötzlich wie mein Papa nach Hause kam. Ich rannte schnell runter und wir umarmten uns."Hallo mein Mädchen", sagte er. Ich liebe meine Familie sehr. Mein Papa ging sich umziehen. Er mag es nicht so sehr zu Hause im Anzug herum zu laufen. Solange half ich meiner Mama beim Tischdecken und nebenbei tanzten und sangen wir ihre Lieder. Dann merkte ich, dass mein Papa in der Tür stand und uns anlächelte. Er sagte:"Ich liebe es euch zu beobachten. Wollt ihr nicht wieder alle zurück zu uns ziehen? Es war so schön, wo das Haus noch so voll und lebendig war." „Ja, leider ist die Zeit zu schnell vorbei gegangen und wir sind erwachsen geworden," sagte ich und ging zu meinem Papa und umarmte ihn. Meine Mama unterbrach uns und sagte:"Das Essen ist auf dem Tisch, kommt essen." Wir kamen und ich war begeistert von dem leckerem Essen. Nur bei Mama, zu Hause kann man so lecker essen.

„Ich muss euch etwas sagen und zwar." In dem Moment schauten meine Eltern auf mich hoch und waren gespannt was ich ihnen zu berichten hatte. „Ich habe einen Freund und er heißt Marc. Er kommt am Samstag mit zu Oma." Meine Mama fragte:"Wie? So richtig einen festen Freund oder einfach einen Freund?" „Ja einen festen Freund." „Oh wow, das ist ja schön, ich freue mich für dich." Ich erzählte meinen Eltern wie ich ihn kennen gelernt habe, wie wir spazieren gegangen sind und wie er mir chinesisches Essen vorbei gebracht hat. Natürlich habe ich die ganzen Details über mein Sexleben für mich behalten. Meine Eltern haben ganz gespannt zu gehört und haben sich für mich riesig gefreut.

Nach dem Essen half ich meiner Mama beim Geschirr abräumen und danach ging ich aufs Zimmer und versuchte Rebecca anzurufen. Plötzlich nahm Rebecca nach mehrmaligem Klingeln ab. „Hi Süße. So schön, dass du anrufst. Wie geht es dir?" „Hi, Rebecca. Mir geht es gut, danke. Ich vermisse dich und dachte ich rufe dich mal an. Alles gut bei dir? Geniest du deinen Urlaub?" „Ja, bei mir ist alles gut. Es ist so schön hier. Ich will hier gar nicht weg und mein Moritz liest mir jeden Wunsch von den Augen ab. Wenn ich wieder da bin, dann komme ich zu dir und erzähle dir die ganzen Details. Was machst du zur Zeit? Bist du schon bei deinen Eltern?"

„Ja, ich bin heute angekommen. Das ist schön, dass es dir so gut geht. Ich werde mich freuen, wenn du wieder da bist. Wann hast du vor wieder zurück zu kommen?"

„Wahrscheinlich in einer Woche." „Ah, okay." Ich entschied mich Rebecca über Marc zu erzählen. „Ich habe auch Neuigkeiten und zwar habe ich jetzt einen festen Freund." Wo ich es ausgesprochen habe, spürte ich wieder Schmetterlinge im Bauch fliegen. Ich war so glücklich das sagen zu können und vermisste Marc plötzlich sehr.

„Oh wow, wie kommt den das jetzt? Wir haben uns nur paar Tage nicht gesehen. Kenne ich ihn?", fragte Rebecca mich ganz verblüfft.

„Nein, du kennst ihn nicht. Er heißt Marc und er ist richtig heiß." Bei diesen Worten mussten wir beide richtig lachen. "UUUh, das ist schon mal ganz gut." sagte Rebecca.

„Ja, das war Liebe auf den ersten Blick. Ich habe ihn an dem Abend, wo wir zusammen in der Bar waren, zum ersten Mal getroffen." Ich erzählte Rebecca die ganze Geschichte und auch die Intimen Sachen. Wir erzählen uns immer alles. Sie hat sich richtig gefreut für mich. Danach erzählte sie mir wie glücklich sie mit ihrem Freund ist und dass es eine richtige Entscheidung war sich mit ihm noch einmal zu treffen und ihn näher kennen zu lernen.

Wir haben 2 Stunden zusammen telefoniert und hätten wahrscheinlich noch länger gequatscht wenn ihr Freund uns nicht unterbrochen hätte. Die zwei haben vor feiern zu gehen, so wie sie es jeden Abend dort machen. Die zwei genießen ihren Urlaub richtig.

Ich habe mich Bett fertig gemacht und habe

mich mit meinem Handy und Buch ins Bett eingekuschelt. Marc hat mir nichts mehr geschrieben, aber ich hätte so gerne eine Nachricht von ihm. Also beschloss ich ihm zu schreiben:"Hi mein perfekter Mann, ich vermisse dich sehr hier in meinem Bett. Ich werde froh sein, wenn es schon Samstag ist. Gute Nacht. Ganz, ganz viele Knutschis." Ich schickte ab und schaute noch kurz auf mein Display. Aber es tat sich nichts, also beschloss ich etwas zu lesen. Ich nahm mein Buch und fing an zu lesen.

Plötzlich klingelte mein Handy. Ich schaute drauf und es war schon 11 Uhr morgens. Wow, so lange habe ich schon lange nicht mehr geschlafen. Ich fühlte mich richtig erholt.

Ich schaute wieder auf mein Handy und sah, dass eine Nachricht von Marc ankam. Ich freute mich riesig und machte sie sofort auf. „Guten Morgen Carla Mausi. Entschuldige, dass ich dir gestern nicht mehr geschrieben habe. Es war richtig spät und ich bin direkt eingeschlafen. Aber ich habe von dir geträumt. Ich vermisse dich auch sehr und freue mich schon auf Samstag. Ich wünsche dir einen wunderschönen Tag heute. Ich liebe dich meine Mausi."

Ich las mir die Nachricht noch paar mal hintereinander durch. Was für schöne Wörter er da reingeschrieben hat. Ich schmelze dahin. Ich würde ihn am Liebsten jetzt ganz fest an mich drücken und nicht mehr los lassen. Ich antwortete schnell.

„Guten Morgen mein Sonnenschein! Du bist so süß. Ich wünsche dir auch einen wunderschönen Tag! Ich liebe dich auch sehr! Kussi."

Wow, das ist eine wunderschöne Beziehung, es ist besser als ich es mir vorgestellt habe.

Ich blieb mit diesen Gedanken noch etwas lim Bett liegen und schaute aus dem Fenster. Heute regnete es. Nach einer Weile stand ich auf und ging ins Badezimmer um mich fertig zu machen. Ich flechtete mir einen Zopf und zog mir eine Jeanshose und ein weißes T-Shirt an und nahm einen Blazer mit. Ich ging runter um zu frühstücken. Meine Eltern waren schon bei der Arbeit. Meine Mama kommt immer zwei Stunden früher nach Hause, als mein Papa. Sie kocht zu Abendessen immer frisch. Das hat sie schon immer so gemacht. Auch wo wir etwas jünger waren und noch zu Hause gewohnt haben. Das haben wir immer genossen, am Abend mit Mama noch etwas Zeit zu verbringen.

Ich holte mir drei Eier aus dem Kühlschrank und bereitete Spiegeleier vor. Während dem Essen

schrieb ich jeweils eine Nachricht an die Frauen meiner Brüder und fragte, was sie gerade machen und ob sie Zeit haben. Ich fragte auch ob ich vorbei kommen kann. Die Frau von Nick, Sabrina hat mir geschrieben, dass sie mit der kleinen Lilly zum Kinderarzt zur Kontrolle muss und daher heute keine Zeit hat. Aber morgen darf ich vorbei kommen. Und die Frau von Andrew, Hanna, hat mir geschrieben, dass ich jederzeit vorbei kommen darf, dass die Jungs am Nachmittag zu Hause sind.

Es war schon dreizehn Uhr. Also nahm ich einen Regenschirm von meinen Eltern und ging ins Auto, um erst in die Stadt zu fahren und paar kleine Geschenke für die Jungs und Lilly zu kaufen. Als ich alles gekauft habe, bin ich direkt zu Andrew und seiner Familie gefahren. Als ich ankam, hat es nicht mehr geregnet. Die Jungs sind raus gerannt und fielen mir direkt um den Hals. Ich habe die zwei sehr vermisst. Im Haus überreichte ich den beiden ihre Geschenke und umarmte dann Hanna. Andrew war noch bei der Arbeit, wollte aber etwas früher kommen, da Hanna ihm geschrieben hat, dass ich vorbei komme.

Hanna stellte Tee und für mich Kaffee auf den Tisch und verschiedene Kuchenstücke.

Ich verstehe mich mit Hanna gut, aber auch mit Sabrina. Ich mochte beide vom ersten Tag an und wir hatten immer die gleichen Interessen. Wir reden sehr gerne miteinander.

Hanna erzählte mir viel über ihre Jungs. Da

höre ich ihr sehr gerne zu. Es gibt immer wieder etwas zu lachen. Ich erzählte ihr über meine Arbeit und über meine Freundin Rebecca. Meine ganze Familie kennt Rebecca und ihre Familie. Wo wir noch alle zusammen in einem Dorf gelebt haben, da waren unsere Eltern sogar untereinander befreundet.

Plötzlich schien die Sonne so schön ins Fenster rein und ich rief die Jungs zu mir und habe ihnen vorgeschlagen auf den nahegelegenen Spielplatz zu gehen. Die zwei haben sich gefreut. Wir nahmen einen Fußball mit und gingen los. Hanna blieb zu Hause und kochte Abendessen für uns alle.

Auf dem Spielplatz machten wir quatsch, sind überall hoch geklettert, runter gerutscht, geschaukelt, Fangen gespielt, Fußball gespielt. Ich habe alles mit gemacht. Es macht immer so viel Spaß mit den zwei. Mein Handy klingelte. Es war Hanna. Sie sagte, dass Andrew schon zu Hause ist und wir bald zu Abend essen werden.

Also nahm ich die Jungs und wir liefen wieder zurück.

Auf dem Rückweg erzählten die zwei mir viel über Fußball. Sie erklärten mir wie die Fußballspieler heißen, wer welchen Tor gemacht hat und wie man richtig spielen muss. Ich konnte mir gar nichts merken. Ich lief nur daneben und genoss die Zeit mit den Beiden.

Ich musste ganze Zeit nur grinsen.

Als wir ankamen, umarmte mich mein Bruder ganz fest und fragte mich:"Wie geht es dir meine Liebe?" „Gut, danke, richtig gut sogar. Es hat so viel Spaß gemacht mit deinen Jungs." Dabei lächelte ich ihn an und guckte auf die zwei, die sich gerade etwas um den Platz am Waschbecken stritten.

„Das freut mich. Du darfst öfters vorbei kommen. Komm wir essen. Kommt ihr zwei?", rief er seine Jungs. Ich und Andrew gingen gemeinsam Hand in Hand an den Tisch. Hanna hat schon alles fertig gedeckt und richtig lecker gekocht. Wir aßen und unterhielten uns über deren Leben und mein Leben. Sie erzählten mir, dass sie sich vielleicht ein Haus kaufen werden, da sie gerade in miete wohnen und sich noch ein drittes Baby wünschen. Am Besten ein Mädchen. Ich erzählte ihnen über Marc. Mein Bruder und seine Frau haben sich sehr für mich gefreut und freuen sich auf Samstag um ihn kennen zu lernen. Es war richtig gemütlich und schön familiär an einem Tisch zu sitzten und einfach zu reden. Meistens sitze ich alleine mit dem Fernseher oder meinem Buch am Esstisch.

Aber gerade habe ich richtige Glücksgefühle. Nach dem Essen räumten ich, Hanna und Andrew die Küche und das Geschirr auf und danach mussten die Jungs ihre Zähne putzen.

Sie wollten, dass ich mit komme und ihnen helfe und die Zähne noch mal angucke. Das habe ich schon paar Mal gemacht und bin auch dieses Mal mit gegangen und habe die Zwei Bett fertig gemacht. Danach durfte sich jeder ein Buch aussuchen, welches ich ihnen vor gelesen habe. Ich gab den Beiden einen Kuss und ging zu Hanna und Andrew, die im Wohnzimmer saßen und geknutscht haben. Als sie mich bemerkten, lächelten sie mich an. Ich lächelte zurück und setzte mich daneben auf den Sessel.

Auf dem Couchtisch stand eine Weinflasche und ein paar Snacks. Hanna sagte:"Wir dachten, vielleicht hast du Lust mit uns einen Film zu gucken. So wie früher immer." Das wollte ich unbedingt. Ich holte mein Handy aus der Blazertasche und sah zwei Nachrichten. Eins von meiner Mama, sie fragte, ob ich zu Abendessen komme. Ich antwortete schnell, dass ich etwas später komme.

Dann machte ich die zweite Nachricht auf und die war von Marc.

„Hi Süße, ich hoffe du hattest einen schönen Tag. Mein Tag war etwas langweilig. Und ich habe dich sehr vermisst und tue es noch immer. Ich wollte jetzt schon schreiben, da wir mit ein paar Jungs noch etwas Trinken gehen wollen und ich weiß nicht wie spät es sein wird und wecken will ich dich auch nicht.

Schönen Abend dir noch meine Süße. Und noch zwei Mal schlafen und dann sehen wir uns wieder. Ich freue mich riesig. Kussi."

Andrew holte mich aus meinen Gedanken heraus:"Hat Marc dir geschrieben? Du lächelst ja bis zu den Ohren. Man sieht wie glücklich du bist. Das freut mich richtig." „ Ja, danke," antwortete ich und fing eine Antwort zu schreiben.

„Ich bin einbisschen neidisch auf die Jungs mit denen du unterwegs bist, am liebsten wäre ich jetzt auf deren Stelle. Ich wünsche dir trotzdem viel Spaß und freue mich auf baldiges wiedersehen. Schönen Abend noch. Ich liebe dich. Kussi."

Ich, Hanna und Andrew schauten einen Film an. Nach dem Film unterhielten wir uns noch einbisschen und dann sah ich, dass es schon 12 Uhr nachts war. Andrew musste früh zur Arbeit raus."Ich fahre jetzt, vielen Dank für den schönen Nachmittag." Ich umarmte die beiden und fuhr wieder zu meinen Eltern. Während der Fahrt ging ich nochmal den ganzen Tag im Kopf durch und stellte mir vor, wie es sein wird, wenn ich und Marc zusammen wohnen und unsere Kinder bekommen. Ich wusste es schon, ich möchte es unbedingt mit Marc erleben.

Als ich bei meinen Eltern ankam, war es schon halb eins nachts. Das Licht war überall aus. Ich ging ganz leise ins Badezimmer und machte mich Bett fertig. Im Bett schrieb ich Andrew, dass ich gut angekommen bin. Danach schlief ich direkt ein.

Am nächsten Morgen wurde ich wieder von meinem Handy geweckt. Ich schaute auf das Display und da stand Sabrina drauf. Oh Sabrina ruft mich an. Ich nahm ab. „Guten Morgen Sabrina." „Hi, Carla. Entschuldige, wenn ich dich geweckt habe, aber ich wollte fragen, ob du heute Vormittag schon kommen kannst und bis zum Mittagessen bleiben? Weil am Nachmittag müssen wir noch zu einem Termin. Nick ist heute auch zu Hause, er freut sich auf dich."

„Na klar kann ich das. Wie viel Uhr haben wir eigentlich?"

„Es ist gerade kurz vor acht."

„Ah, okay. Dann ziehe ich mich jetzt an und komme direkt vorbei."

Um halb zehn kam ich bei Sabrina und Nick an. Wir haben uns zur Begrüßung umarmt und ich nahm Lilly direkt auf den Arm und fing an mit ihr Flieger zu spielen und Grimassen zu schneiden. Sie ist so süß und ich liebe es wenn sie mich angrinst. Immer wieder habe ich sie auf ihr Spielteppich hingelegt und sie beim Spielen beobachtet. Ich konnte mir nie vorstellen, dass so ein kleines Baby schon so spielen kann. Sie schaut ihre Spielsachen genau an. Das Buch, was ich ihr vorbeigebracht habe, macht verschiedene Tiergeräusche und da sieht man wie sie genau hin hört. Sie nimmt das Buch auch schon in die Hand und klatscht drauf. Das sieht alles so niedlich aus.Ich war richtig begeistert.

Nebenbei habe ich mich mit Nick und Sabrina unterhalten und habe über Marc erzählt.

Die Zwei haben sich für mich gefreut und können es schon kaum abwarten ihn kennen zu lernen.

Ich bin richtig gespannt was Andrew und Nick zu Marc sagen.

Nach dem Mittagessen bin ich direkt zu meinen Eltern gefahren, da Lilly ihr Mittagschläfchen machen musste und ich nicht stören wollte.

Da heute Freitag ist müssten meine Eltern schon zu Hause sein. Denn sie arbeiten am Freitag nur den halben Tag. Den Rest des Tages verbringen sie meistens mit ihren Enkeln.

Aber da ich da bin und wir morgen uns alle sehen werden, haben meine Eltern gesagt, dass sie heute zu Hause bleiben.

Ich entschied mich noch schnell zu einer Konditorei zu fahren und ein paar Stücke Kuchen mit zu nehmen um mit meinen Eltern Kaffee mit Kuchen zu trinken.

Als ich bei meinen Eltern ankam, ging ich mit dem Kuchen in der Hand rein und direkt ins Wohnzimmer, den das Wohnzimmer ist mit dem Esszimmer zusammen und von da geht es in die Küche rein. Ich ging rein und stand plötzlich wie angewurzelt stehen. Dabei ist mir fast der ganze Kuchen aus der Hand gerutscht. Ich konnte ihn noch rechtzeitig fest halten.

Auf dem Sofa saß Marc."Hi Carla Maus." Er stand auf und kam mit einem Lächeln im Gesicht auf mich zu. Er umarmte mich und gab mir einen Kuss auf den Mund. Meine Eltern saßen auf dem Sofa und schauten uns zu.

Ich sagte nur:"Wie, wie, ich dachte du hast Fortbildung und kannst erst morgen kommen?"

„Ja, eigentlich schon, aber der Rest fiel aus und ich habe gedacht ich fahre direkt zu dir hin. Ich habe dich nämlich richtig vermisst." Dabei drückte er mich ganz fest an sich.

„Deine Eltern sind sehr nett." Meine Eltern lächelten. Meine Mutter stand auf und nahm mir den Kuchen ab und stellte den Wasserkocher auf.

Marc lies mich los und setzte sich zu meinem Vater aufs Sofa. „Komm zu uns Carla," sagte Marc.

„Nein, ich helfe schnell meiner Mama in der Küche und dann können wir Kuchen essen."

Ich ging in die Küche und war so glücklich, dass Marc endlich hier ist und gleichzeitig etwas geschockt, dass er mir so eine Überraschung gemacht hat. Obwohl man von ihm alles erwarten kann.

Meine Mama grinste mich und sagte:"Er ist ein

sehr hübscher und ein netter. Das ist der Beste, den ich je kennen gelernt habe. Ich freue mich so für dich." Ich umarmte meine Mama und sagte:"Danke."

Als wir am Tisch saßen hat Marc brav die ganzen Fragen von meinen Eltern beantwortet. Er erzählte wo er arbeitet. Meine Eltern sahen sehr zufrieden und begeistert aus. Das hat mich richtig gefreut.

Ich saß einfach nur da und habe bei den Gesprächen zu gehört und Marc einfach angehimmelt. Ich schaute ihn an und dachte mir wie schön er aussieht. Unter dem Tisch hielten wir uns an den Händen. Ab und zu streichelte er meine Hand und ich schmolz fast dahin. Ich hätte ihn sehr gerne jetzt vernascht. Plötzlich riss mich Marc aus meinen Gedanken raus als ich merkte, dass er mich etwas fragt. „Was?", fragte ich schnell. „Ich sagte, habt ihr hier vielleicht schöne Plätze, die du mir zeigen kannst? Wir können ja spazieren gehen?" Dabei schaute er mir direkt in die Augen und lächelte mich an.

Ich nickte und sagte:"Ja klar, wir können in den Park. Wir müssen aber mit dem Auto hin fahren und dort können wir dann etwas spazieren gehen."

„Cool, gerne. Sollen wir jetzt los? Wollen Sie mit?" fragte er meine Eltern.

„Nein, nein, geht ruhig. Ihr braucht jetzt Zeit für

euch zwei"; antwortete meine Mama und dafür war ich ihr sehr dankbar. Ich wollte mit Marc ganz alleine sein.

Marc nickte, bedankte sich für den Kuchen und wir gingen raus.

„Wir fahren mit meinem Auto." sagte Marc und hielt mir die Tür auf. Wow ist das schön. Wir küssten uns kurz, aber dieses Mal mit der Zunge. Dabei wurde ich sehr feucht. Mein Körper sehnt sich nach ihm.

Wir stiegen ein und ich sagte immer in welche Richtung wir fahren mussten. Plötzlich hielt Marc an einem Parkplatz an der Straße an und fragte mich:"Wo gibt es hier ein Parkplatz in der Nähe, wo keine Menschen herum laufen, wo wir ungestört sein können?"

Ich habe ihn etwas fraglich angeschaut und wusste gar nicht was ich antworten sollte.

„Ich will dich Carla," antwortete Marc und küsste mich ganz tief mit der Zunge.

Dabei zog sich bei mir alles zusammen und ich wurde wieder feucht. Ich nickte und erklärte ihm den Weg zum Wald, wo keine Menschen spazieren gehen. Wir mussten nicht lange fahren. Seine Hand streichelte ganze Zeit mein Bein rauf und runter und dabei kribbelte bei mir alles. Ich legte meine Hand auf sein Penis, der sich unter der Hose richtig hart wölbte. Es hat sich einfach schön angefühlt.

Marc parkte etwas weiter weg von der Straße,

unter einen Baum. Schaltete den Motor aus und schloss unser Auto von ihnen ab. Wir küssten uns und dabei streichelte Marc meine Brüste und ich sein Penis. Wir stöhnten beide auf und wollten direkt uns spüren.

Marc sagte:"Komm wir gehen nach hinten, da haben wir mehr Platz. Klettere rüber. Oder warte, ich klettere als erster und dann kannst du dich auf mich drauf setzen."

Er kletterte nach hinten und zog seine Hose komplett aus. Daraus sprang sein steifer Penis heraus. Er war so wunderschön. Ich habe noch nie einen Penis als wunderschön empfunden. Für mich war es immer ein Sexobjekt. Aber beim Marc war er einfach geil. Marc lächelte mich an und sagte:"Komm Schatz." Ich kletterte zu ihm rüber und währenddessen zog er sein Hemd aus. Seine Muskeln waren einfach nur heiß. Seine Brust war komplett glatt rasiert. Dadurch kamen seine Muskeln noch mehr zur Geltung. Ich setzte mich auf sein Schoß. Wir fingen uns an zu küssen. Ich streichelte seine Oberarme und Marc ging unter mein T-Shirt und machte den Verschluss meines BHs auf. Dann nahm er meine Brüste in seine Hände und massierte sie sanft. Er zog immer wieder ganz leicht an meinen Nippeln und dabei musste ich richtig aufstöhnen. Dadurch wurde ich noch feuchter. So etwas hat noch keiner bei mir gemacht. Es hat einfach Spaß gemacht.

Marc zog mein T-Shirt samt BH aus und legte mich auf die Sitze. Er beugte sich über mich und zog meine Jeans aus. Er massierte mit einer Hand eine Brust und mit der anderen Hand meine Vagina. Ich hatte das Gefühl, dass ich gleich einen Orgasmus bekomme. Ich hatte bis jetzt noch kein einziges mal einen Orgasmus. Ich habe es gelesen, dass Frauen auch welchen bekommen können, aber ich hatte bis jetzt noch keinen. Mit Marc erlebte ich komplett neue Gefühle. Es hat sich einfach nur schön und heiß angefühlt. Ich wollte mehr und mehr davon. Ich stöhnte nur immer auf und hob immer wieder meine Hüfte hoch zu seiner Hand. Dabei hielt ich mit meiner Hand seinen steifen Penis. Zu mehr war ich nicht in der Lage. Plötzlich spürte ich etwas neues auf meiner Vagina. Marc fing mich unten an zu küssen, dadurch musste ich noch mehr stöhnen. So etwas schönes habe ich noch nie gespürt. Mich hat noch nie jemand unten geküsst und ich auch niemanden.

Marc kam hoch und ich wollte sagen nicht aufhören, aber ich traute mich nicht. Anstatt sagte ich:" Ich will auch." „Was willst du auch?" „Ich will dein Penis küssen. Das habe ich noch nie gemacht. Ich will wissen wie es sich anfühlt."

Marc schaute mich ganz verblüfft an und lächelte. „Sehr gerne." Ich setzte mich auf. Er kam mit seinem Penis etwas näher an mich und ich nahm den Penis in eine Hand und führte ihn langsam in den Mund rein und wieder raus. Das habe ich sehr langsam gemacht, da ich Angst hatte ihn mit meinen Zähnen zu verletzten. Ich hörte wie Marc aufstöhnte und plötzlich anfing seine Hüfte Richtung mein Mund zu bewegen. Dabei ging sein Penis richtig tief in mein Mund rein, dass ich kaum Luft bekommen habe und musste richtig husten. Er kam mit seinem Gesicht direkt an meinen und sagte:"Oh entschuldige, das war ausversehen, das war so heiß. Ich wollte einfach mehr. Ist alles in Ordnung?" Ich nickte:"Ja." „Gut, ich habe gerade echt einen Schrecken bekommen. Komm auf mich drauf Baby." Er setzte sich hin und zog mich auf sich. Ich setzte mich hin und sein Penis glitt langsam in mich rein. Wir stöhnten beide. Ich umklammerte Marc und er hielt mich am Po fest. Wir küssten uns und ich bewegte mich auf ihm hoch und runter. Es war einfach wie Balsam für die Seele. Plötzlich legte Marc seine Arme unter meine Beine und hob mich leicht an und bewegte seine Hüften hoch und runter. Ich war begeistert wie viel Kraft er hat. Es war einfach heiß. Dadurch wurde ich noch heißer. Ich wollte mehr und mehr. Ich wollte nicht, dass es aufhört. Dann hielt er an und fragte:"Nimmst du die Pille, darf ich ihn dich kommen?" „Ja, du darfst." Dabei küssten wir uns und stöhnten und ich spürte wie er sich in mir ergoss. Die letzten Stöße haben sich einfach gut angefühlt. Durch die letzten Stöße wurde ich auch befriedigt. Marc legte sein Gesicht auf meine Brust und ich auf seine Schulter. Er streichelte mit seiner Hand meine Po rauf und runter. „Carla, du bist so heiß. Ich kriege nicht genug von dir. Ich liebe dich." Dabei schauten wir uns an. „Ich liebe dich auch Marc." Danach küssten wir uns lange. Ich spürte wie sein erschlaffter Penis langsam aus meiner Scheide rausglitt. „Marc, ich muss aufstehen. Es fühlt sich nicht mehr so toll an." Er lachte laut auf. „Ja, aber warte. Ich nehme gleich paar Servietten, den es wird gleich alles raus laufen." „Oh, Ok." Ich nahm die Servietten und legte sie auf meine Scheide. Bei kleinster Bewegung lief alles raus. Naja, das war nicht so appetitlich. „Marc, das war echt schön. So schön Liebe machen hatte ich noch nie, oder besser gesagt, ich habe noch nie Liebe gemacht, sondern immer nur Sex gehabt. Ganz schnell rein, raus und fertig. So innig und schön hatte ich noch nie. Danke dir." Marc küsste mich und sagte:"So schön hatte ich es auch noch nie. Ich hatte Lust und Gefühle bis in die Letzte Zelle meines Körpers. Das war für mich das erste Mal im Auto und mit solchen starken Gefühlen. Danke, dass ich dich habe." Wir küssten uns und ich spürte wie sein Penis wieder steif wurde. „Das ist der bester Kompliment." lächelte ich Marc an und zeigte mit dem Finger auf sein Penis. „Du bist süß Carla." Er wischte bei mir alles weg und legte alles in eine kleine Tüte rein. Er schaute mich von oben bis unten an und sagte:"Du bist so schön Carla. Ich liebe dein Körper." Er küsste wieder meine Brust und ich stöhnte dabei auf. „Hast du Lust noch mit mir ins Restaurant zu gehen? Vielleicht habt ihr hier irgendetwas interessantes, wo es gut schmeckt oder wo du gerne hin gehst. Ich habe jetzt nämlich Hunger." „Ja, sehr gerne. Ich zeige dir mein Lieblingsrestaurant mit italienischer Küche. Aber wir sollten noch mal zu meinen Eltern fahren und uns umziehen. Weil so möchte ich nicht so gerne hin gehen." „Klar, gerne. Können wir machen." Marc gab in der Autonavigation die Adresse meiner Eltern ein. Er legte seine Hand auf mein Oberschenkel und ich legte mein Kopf auf seine Schulter. Wir fuhren 15 Minuten und hörten einfach die Musik im Radio an. Es war einfach entspannt und tat einfach gut nichts zu sagen.

Meine Eltern waren gar nicht zu Hause. Wahrscheinlich sind sie einkaufen gefahren um den Wocheneinkauf zu erledigen.

Wir gingen die Treppe hoch Richtung Gästezimmer. Gegenüber lag das Badezimmer. Plötzlich bekam ich wieder Lust auf Marc, also zog ich ihn an der Hand ins Badezimmer rein. Da fing ich ihn an zu küssen und zog seine Kleider aus. Sein Penis war wieder ganz steif und ich wurde auch direkt feucht. Marc zog mich auch aus und massierte meine Brüste. Plötzlich drehte Marc mich um und sagte:"Stell dich an die Badewanne und bück dich." „Wow, Okay." Das war heute alles so neu für mich. Ich bückte mich. Marc hielt mich an der Hüfte fest und drang in mich ein. Das war einfach unbeschreiblich schön. Ich musste so laut stöhnen. Ich habe einfach gehofft, dass meine Eltern nicht gleich nach Hause kommen. Marc kam in mir. Die Letzten Stöße haben mich befriedigt. Er legte sein Kopf auf mein Rücken und küsste mich immer wieder sanft. „Oh Carla, du machst mich fertig. Ich kriege nicht genug von dir. Du bist einfach nur sexy."

„Es war so schön Marc, ich liebe dich." „Ich dich auch Carla." Rechts von uns war das Klo. Marc nahm das Klopapier, legte es unter sein Penis und glitt langsam aus mir heraus. Sogar das hat sich richtig angenehm angefühlt.

Ich stieg ganz schnell in die Badewanne ein und Marc direkt hinterher.

In der Badewanne war eine Dusche mit integriert. Wir umarmten uns und ließen das Wasser auf uns laufen. Es tat einfach gut und war richtig entspannt. Immer wenn ich mit Marc zusammen bin, dann vergesse ich alles um mich herum. Wir küssten uns. Wir schäumten uns gegenseitig ein. Marc massierte und küsste meine Brüste und zwischendurch knutschten wir auch. „So, jetzt habe ich auch Hunger," lächelte ich Marc an. Ich nahm ein Handtuch aus dem Regal was links von der Badewanne sich befand und reichte Marc eins und nahm für mich auch eins raus.

Wir trockneten uns ab und wickelten uns in die Badetücher. Wir sammelten unsere Kleidung zusammen und liefen in das Gästezimmer gegenüber. Marc legte die Kleider aufs Bett und nahm das Badetuch von sich ab und legte es auch aufs Bett. Dann kam er auf mich zu und fing mich an zu küssen und wickelte mich aus meinem Badetuch raus. Ich legte meine Arme um seinen Hals und er streichelte mich vom Po und den Rücken hoch. Ich bekam eine Gänsehaut. Seine Nähe ist so schön. Ich spürte wie sein Penis wieder hart wurde. Ich nahm in in die Hände und streichelte hoch und runter. Er stöhnte laut auf und drückte seinen Penis gegen meine Hüfte. „Oh Carla, du bis echt heiß. So, fertig, wir ziehen uns jetzt an, bevor ich dich wieder verschlinge und wir gar nicht mehr ins Restaurant schaffen." „Okay, aber nur weil ich Hunger habe. Sonst hätte ich dich gar nicht los gelassen," sagte ich und küsste ihn auf seine Schulter. „Oh, wow. Das liebe ich an dir." Ich ging an den Schrank und nahm mein weißes sommerliches Kleid raus, was mir bis kurz vorm Knie ging. Und weiße Sandalen mit leichter Erhöhung. Marc nahm aus seinem Koffer ein weißes T-Shirt und braune Shorts heraus und Flipflops dazu. Marc guckte mich an und sagte:"Du bist so schön und auch vom Kleidungsstil passen wir super zusammen." Dabei blinzelte er mich an. Ich ging auf ihn zu und gab ihm einen Kuss. Ich ging schnell ins Badezimmer und föhnte ein bisschen meine Haare und kämmte sie durch. Da es warm draußen ist, habe ich mich entschieden die Haare offen zu tragen. Ich machte mir schnell Wimperntusche drauf und etwas Lipgloss. Auf mehr hatte ich keine Lust. Ich wollte Marc nicht warten lassen. „Wir können los." „Was, bist du schon fertig? Klar, du bist schon so hübsch, da brauchst du nicht lange," sagte Marc und küsste mich. Ich liebe es wenn er mir Komplimente macht. Marc nahm mich an der Hand und wir gingen die Treppe runter. Plötzlich kamen meine Eltern mit Einkaufskörben zur Tür rein. Marc nahm meiner Mama den Einkaufskorb ab und schleppte es in die Küche rein. Es war sehr aufmerksam von ihm. „Dankeschön Marc. Habt ihr noch etwas vor?" Fragte meine Mama. „Ja, wir gehen ins Restaurant. Marc hat mich eingeladen," antwortete ich.

„Okay, viel Spaß euch. Und lasst es euch

schmecken. Wir fahren morgen um 11 Uhr los,"
sagte meine Mama. „Okay, super. Wir fahren
dann hinter euch her," antwortete ich und wir
gingen zu Marcs Auto. Er hielt mir wieder die
Beifahrertür auf. Als ich eingestiegen bin, gab
er mir einen Kuss. Ich schwebte wie auf Wolke
Sieben. Es ist alles viel schöner als ich mir es
vorgestellt habe. Er ist mein Traummann, mein
Seelenverwandter. Wir fuhren los. Das
Restaurant ist nur zehn Fahrminuten entfernt.
„Ich freue mich schon dich morgen meiner Oma
und meinen Brüdern vorzustellen," sagte ich
und legte mein Kopf auf Marc Schulter.
„Kommen viele?" „Wenn alle kommen, dann
sind es so 20 Personen. Wir, meine Eltern,
meine Brüder mit der Familie und paar
Freundinnen von meiner Oma." „Okay, ich bin
auch schon auf deine Brüder gespannt. Können
wir morgen noch in ein Blumengeschäft rein
fahren. Ich möchte deiner Oma noch einen
schönen Blumenstrauß kaufen." „Ja klar. Das
ist echt süß von dir. Eine Straße weiter von dem
Restaurant, wo wir morgen feiern werden, gibt
es ein Blumenladen. Da können wir kurz rein
gehen." „Super. Was ich noch fragen wollte, wie
heißen deine Brüder nochmal? Deine Eltern
haben mir erzählt, dass beide schon Kinder
haben, aber ich weiß die Namen nicht mehr."
„Ja, Andrew hat zwei Jungs und Nick hat ein
Mädchen." „Willst du mal Kinder?," fragte mich

Marc. Ich war ganz überrascht über seine Frage. Ich konnte noch nicht einschätzen welche Antwort ihn erfreuen würde. Es gibt nämlich Männer, die gar keine Kinder wollen. Das wäre jetzt ganz schlimm. Aber ich entschied mich ihm direkt zu sagen was mein Wunsch ist:"Ja, ich will sehr gerne Kinder. Zwei aufjedenfall. Ich liebe Kinder über alles. Ich versuche so oft wie möglich mit meinen Neffen und meiner Nichte die Zeit zu verbringen. Willst du mal Kinder?" „Ja, ich möchte auch Kinder, am Besten ein Jungen und ein Mädchen. Also auch zwei." Dabei lächelte er mich an. Mein Herz machte Luftsprünge vor Glück. Ich freue mich so sehr, dass wir die gleichen Ziele haben. Immer mehr weiß ich, dass er mein Traummann ist. Ich umarmte ihn und gab ihm einen Kuss auf die Wange.

Wir waren im Restaurant angekommen. Marc parkte direkt vor dem Restaurant. Er gab mir einen Kuss und wir stiegen dann aus. Händchenhaltend gingen wir ins Restaurant. Wir setzten uns an einen freien Tisch und da kam auch schon die Bedienung zu uns. Wir bestellten uns etwas zu trinken. Ich habe mir einen Orangensaft ausgesucht und Marc hat sich eine Cola genommen und für uns beide jeweils ein Glas Sekt. Als Marc seine Bestellung aufgab schaute ich ihn direkt an. Sein Gesicht ist wunderschön und einfach perfekt. Seine

Lippen bewegten sich sehr anziehend. Man wollte sie einfach nur die ganze Zeit küssen. Ich war richtig verliebt in diesen Mann. Ich sah bei ihm nichts schlechtes oder was mich abstoßen könnte. Im Gegenteil bekam ich Lust auf ihn wenn ich ihn beim Sprechen beobachtete. Ich war einfach nur glücklich mit ihm Zeit zu verbringen. Marc schaute mich an und lächelte. Er merkte es, dass ich ihn die ganze Zeit angestarrt habe. Ich erwiderte sein Lächeln. Marc gab mir die Speisekarte rüber und sagte:"Such was aus, was du essen magst." Ich nahm mir die Speisekarte und schaute dabei Marc direkt in die Augen. „Ich gucke dich sehr gerne an. Du bist so perfekt und so schön und auch sehr süß. Ich kriege richtig Schmetterlinge im Bauch," sagte ich zu ihm. Marc legte seinen Arm auf den Tisch und nahm mich an der Hand. Er streichelte mit seinem Daumen an meiner Handoberfläche und sagte:" So geht es mir auch Süße. Ich habe mich in dich vom ersten Augenblick an verliebt. Obwohl du so traurig und verweint aussahst, hat dein hübsches Gesicht mich richtig getroffen. Und deine Stimme, die war so sexy. Ich liebe deine Stimme." Ich musste lächeln. Mit diesen Worten habe ich echt nicht gerechnet. Dann sagte Marc weiter:"Als ich dich da sah, wollte ich mich am besten dazu setzten, dich beruhigen und mit dir reden und dich kennen lernen. Aber ich traute mich nicht. Danach habe ich es richtig bereut und habe gehofft, dass ich dich noch mal treffe. Ich habe immer Ausschau nach dir gehalten und bin jetzt froh, dass wir uns wieder getroffen haben. Jetzt bin ich richtig glücklich." „Oh, bist du süß. Ich bin auch glücklich," sagte ich. Ich wollte weiter erzählen wie ich unser erstes Treffen empfand, aber da kam die Bedienung mit den Getränken an unser Tisch. „Haben Sie schon ausgesucht, was sie essen möchten?" fragte die Bedienung. „Oh nein, tut mir leid," sagte ich. „Okay, kein Problem ich komme gleich wieder," sagte die Bedienung und ging zum anderen Tisch weiter.

Wir grinsten uns an und fingen an in der Karte rum zu blättern. Dann kam die Bedienung wieder. Ich sagte, dass ich Spaghetti mit Lachs in Tomaten-Sahne- Soße haben möchte und Marc sagte plötzlich, dass er sich das Gleiche ausgesucht hat. Damit habe ich jetzt nicht erwartet. Bei so vielen Gerichten suchen wir uns ausgerechnet das Gleiche heraus. „Das finde ich ja super, dass wir den gleichen Geschmack haben was das Essen angeht. Dann habe ich es später einfacher beim Kochen. Kann alles kochen was mir schmeckt. Kannst du eigentlich auch kochen?" fragte ich Marc. „Ja, ich koche sehr gerne. Ich esse auch außer Haus etwas oder bestelle mir auch etwas, aber am Liebsten koche ich etwas frisches. Nächste Woche kommst du zu mir nach Hause und ich koche für uns etwas." „Oh wow, da freue ich mich aber schon sehr darauf. Da habe ich aber Glück gehabt dich zu finden. So gut aussehend, kann kochen, hat eine heiße Stimme und einen sehr heißen Körper." Dann duckte ich mich etwas näher zu ihm und flüsterte:"Und der richtig gut im Bett ist." Dabei wurde ich etwas rot und gleichzeit feucht. Marc kam auch etwas zu mir näher und sagte:"Oh, du machst mich ganz heiß. Wir müssen gleich in mein Auto gehen und du kriegst kein Essen." Dabei zog sich bei mir alles im Bauch zusammen und ich wollte ihn, sofort hier auf dem Tisch. Plötzlich kam die Bedienung mit unserem Essen und ich wusste nicht wie ich mich verhalten sollte. Ich war etwas aufgedreht. Ich setzte mich gerade an den Tisch und wartete bis mein Essen vor mir gestellt wurde. Ich und Marc bedankten uns. Als die Bedienung weg ging mussten wir beide etwas lauter lachen. „Ich habe auch unser Knistern gespürt und habe einen Steifen bekommen," sagte Marc und nach diesen Worten wurde ich wieder feucht. Marc nahm das Glas mit Sekt und hob es etwas an. Ich tat ihm nach. Marc sagte:"Auf uns, dass es mit uns immer so sein wird." Wir tranken einen Schluck. Marc erhob sich und küsste mich. Dabei musste ich leicht aufstöhnen. „Marc was machst du mit mir?" „Ich liebe dich," dabei grinst er mich voll an. „Ich dich auch Marc." Wir beschlossen endlich unser Essen zu essen. Während dem Essen fragte mich Marc:"Wie viele Beziehungen hattest du bis jetzt?" Ich mag wenn Marc mich etwas fragt, dann habe ich das Gefühl, dass er sich für mich interessiert und ich erzähle ihm auch gerne alles. „So richtige Beziehungen hatte ich drei. Aber es hat nicht sehr lange gehalten. Entweder wollte ich schon mehr, also zusammen ziehen und Familie gründen und er wollte nicht. Er hat sich noch zu jung dafür gefühlt. Mit einem Anderen war es einfach kompliziert. Wir haben uns mehr gestritten als das wir glücklich waren. Mit dem Dritten war es ungefähr gleich. Es war alles so schwer, ich habe mich auf das Wiedersehen nie so richtig gefreut. Aber damals hatte jeder einen Freund und man wollte kein Außenseiter sein, daher habe ich es einfach ausgehalten. Ich bin dann mit zwanzig wegen meinem Beruf in meine jetzige Wohnung gezogen und so ging der Kontakt auch verloren. Er hat sich nicht mehr gemeldet und ich mich auch nicht mehr. Und ich fand es nicht schlimm. Wie war es bei dir?" „Bei mir ist es ungefähr ähnlich, nur ich hatte fünf kurze Beziehungen. Jedes Mal stimmte etwas nicht. Es hat echt nicht lange gehalten. So halbes Jahr ungefähr und das wars. Aber ich war auch noch nie so verliebt wie mit dir. Ich dachte ich liebte diese Frauen, aber jetzt merke ich, dass ich sie nur hübsch fand. Den jetzt merke ich, wie Liebe sich eigentlich anfühlt. Ich konnte bis jetzt bei keiner ohne Berührung einen steifen Penis bekommen. So etwas kannte ich gar nicht. Hätte es mir jemand erzählt, dass so etwas gibt, dann hätte ich es ihm nicht geglaubt. Mit dir ist es so, dass ich dich nur kurz anschaue und schon heiß werde. Von deinem Geruch kribbelt es bei mir schon alles. Das T-Shirt, was ich am Mittwoch an hatte, wo wir bei dir waren, das habe ich bis heute noch nicht gewaschen. Und das mit Absicht. Ich musste während meiner Fortbildung immer wieder daran riechen. Es roch einfach nach dir. Ich habe dich so vermisst, dass ich es zum Einschlafen neben mich hingelegt habe und daran schnupperte und mir vorstellte, dass du neben mir liegst." Ich war sehr überrascht was er mir gerade erzählt hat und gleichzeitig so glücklich. Wir hatten davor Beziehungen, aber das was wir gerade zusammen erleben, erleben wir zum ersten Mal. Das macht mich einfach nur froh. Ich schaute Marc einfach an und hörte ihm zu:" Ich bin mit Neunzehn, auch wegen meiner Ausbildung, von meinen Eltern ausgezogen und hatte bis jetzt nur Sehnsucht nach meinem Elternhaus und die letzten Tage auch nach dir." „Oh Gott bist du süß!" Ich hätte fast heulen können, wie glücklich er mich macht.

Die Bedienung nahm unsere leeren Teller mit. Marc fragte mich, ob ich noch einen Nachtisch mag. Ich antwortete:"Ja, dich." Dabei grinste ich ihn an. „Ich bin dabei." Marc winkte die Bedienung zu uns und bat um eine Rechnung. Marc zahlte für uns und wir gingen raus aus dem Restaurant. „Sollen wir noch irgendwohin fahren?" fragte Marc. „Hmm, eigentlich würde ich lieber nach Hause und mit dir im Bett kuscheln." „Hm, das klingt verlockend. Fahren wir los."

Marc hielt mir die Autotür auf, ich stieg ein und er schloss sie hinter mir zu und stieg dann auch ein. Wir fuhren los und während der Fahrt legte ich mein Kopf auf Marcs Schulter und Marc legte seine Hand auf meinen Oberschenkel. Das war so schön und entspannt. „An das könnte ich mich für immer gewöhnen," sagte ich. Marc gab mir kurz einen Kuss auf mein Kopf. Das fand ich richtig niedlich. Den Rest des Weges hörten wir einfach die Musik, die im Radio lief und genossen einfach die Zeit. Als wir bei meinen Eltern angekommen sind brannte kein Licht mehr und die Rollläden waren auch schon unten. „Oh, meine Eltern sind schon im Bett." „Okay, dann laufen wir ganz leise rein." Er umarmte mich und gab mir einen Kuss, dann liefen wir an der Hand rein. Unsere Beziehung hat sich einfach toll angefühlt. Ich hoffe, dass es immer so sein wird. Wir gingen in das Gästezimmer und Marc drückte mich direkt an die Tür und fing an mich zu küssen. Ich legte meine Hände unter sein T-Shirt und streichelte sein Rücke rauf und runter. Marc machte den Reißverschluss meines Kleides auf und zog es runter. Dann machte er mein BH auf und zog es aus und fing an meine Brust zu küssen. Ich stöhnte laut auf. Ich zog ihm sein T-Shirt aus und fing die Hose aufzuknöpfen. Die Hose fiel direkt zu Boden und ich griff mit meiner Hand in seine Boxershorts rein und da sprang auch sein steifer Penis mir in die Hand entgegen. Marc stöhnte lauf auf. Wir küssten uns wild mit der Zunge. Er küsste mich am Hals, dann runter zur Brust und dann wieder hoch zum Mund. Ich war schon richtig feucht. Marc ging in die Hocke und zog mein Kleid samt meinem Slip komplett aus und küsste mein Bauch. Dann kam er wieder hoch, wir küssten uns und dabei streichelte er mit seiner Hand meine Vagina. Plötzlich drehte er mich um und sagte ich soll mich etwas ducken und mich an dem Tisch, der neben der Tür steht, heben. Das habe ich auch so gemacht. Sein steifer Penis drang in meine Scheide von hinten ein. Das war einfach wunderschön. Ich spürte jede Ader von seinem Penis. Ich musste mich zusammen reisen um nicht so laut zu stöhnen, da meine Eltern nur eine Etage unter uns waren. Er stoß immer schneller und schneller in mich ein, dadurch bekam ich immer mehr Lust und wurde immer feuchter. Ich hatte das Gefühl, dass aus mir schon alles raus läuft. Ich wollte ihn noch mehr und mehr spüren. Ich wünschte mir, dass es nicht aufhört. Plötzlich zog Marc sich aus mir heraus und kam in seine Hand. Wow, das war einfach unbeschreiblich . Ich stand auf und drehte mich zu Marc um, wir schauten uns in die Augen und da war einfach nur Liebe da. Unsere Augen leuchteten vor Glück. „Ich kriege nie genug von dir Carla Mausi." Wir küssten uns.

„So, jetzt muss ich irgendwie unauffällig ins Badezimmer," sagte Marc. „Wir gehen zusammen, warte." Ich holte schnell zwei Bademäntel aus dem Schrank. Die hängen extra für die Gäste da. Ich legte den Bademantel auf Marcs Schulter und zog den anderen mir an. Wir schlichen uns ins Badezimmer. Ich stieg direkt in die Badewanne unter die Dusche ein und Marc ging noch schnell aufs Klo und danach stieg er auch zu mir ein. Er umarmte mich und wir standen paar Minuten einfach so da, während das Wasser auf uns runter lief. „Marc, das ist so schön mit dir. So viele Sexstellungen wie wir bis jetzt hatten, hatte ich in meinem Leben noch nie. Ist echt interessant wo du das alles her hast. Guckst du heimlich Pornos und darum warst du in diesem Sexshop?" Ich schaute ihn grinsend an und er antwortete:"Hmm, ne, das nicht. Ich habe bis jetzt nur paar mal einen Pornofilm gesehen und das nur mit meinen Freunden als wir etwas jünger waren. Ne, die Sexstellungen fallen mir einfach so ein, wenn ich so heiß auf dich bin. Ich habe die mit keiner anderen ausprobiert. Früher gab es immer nur normalen Sex. Das war manchmal langweilig. Mit dir will ich alles ausprobieren. Es macht einfach Spaß" Wir küssten uns unter dem laufendem Wasser. Marc schäumte mich ein und massierte meine Brüste und meinen Körper. „Carla, du bist wunderschön." „Ich liebe dich Marc." Ich schäumte Marc auch ein und als wir fertig waren, duschten wir schnell und stiegen aus. Als wir uns abtrockneten lächelten wir uns immer wieder an. Wir zogen unsere Bademäntel an und schlichen uns wieder ins Zimmer rein. Wir küssten uns wieder und ich spürte wie Marcs Penis steif wurde und aus dem Bademantel rausguckte. Marc nahm mich hoch. Er hob mich an meinen Pobacken und ich umklammerte meine Beine um seine Hüften und meine Hände um sein Nacken. Er legte mich aufs Bett und zog mir den Bademantel aus. Marc zog sein Bademantel auch aus und legte sich zu mir ins Bett. Wir waren beide ganz nackt. Marc deckte uns zu und wir umarmten uns. „Ich liebe dich Carla." Marc gab mir einen

Kuss auf die Stirn. „Ich liebe dich auch Marc."
„Gute Nacht." „Gute Nacht Marc." Ich war ganz
erstaunt, dass wir ganz nackig schlafen und es
fühlt sich ganz normal an. Marc roch so gut. Ich
merkte wie sein Duft mich beruhigte und ich
direkt müde wurde und einschlief.
Plötzlich spürte ich wie mich jemand streichelt
und meine Stirn und Wange küsst und plötzlich
auch meine Lippen. Ich machte meine Augen
auf und war so froh, dass es alles Wirklichkeit
war und ich es nicht geträumt habe. „Carla,
Schatz, wir müssen uns fertig machen. Es ist
schon 9 Uhr morgens. Wir haben zu süß
geschlafen und etwas verschlafen." „Was?"
Dabei bin ich vor lauter Schreck zu schnell
hoch gekommen und schlug mich mit meinem
Kopf an Marcs Kopf an. „Autsch, Entschuldige,"
sagte ich und gab ihm einen Kuss auf die Stelle
wo wir uns angeschlagen haben. Er küsst mir
auch meinen Kopf und danach stand ich auf
und wollte gerade aus dem Zimmer ins Bad
gehen, da sagte Marc:" Stopp, du bist nackig."
„Oh, ich bin heute irgendwie durcheinander."
Marc gab mir den Bademantel und half mir
beim Anziehen. Ich ging ins Bad, putzte mir die
Zähne und ging auf die Toilette. Als ich ins
Zimmer wieder rein kam, lag Marc auf dem Bett
und überprüfte die ganzen Nachrichten in
seinem Handy. „Ist etwas wichtiges dabei?"
„Nein, zum Glück nicht. Darf ich jetzt ins

Badezimmer?" Ich nickte. Beim Vorbeigehen gab Marc mir kurz einen Kuss und ging ins Badezimmer. Ich holte meine Unterwäsche und zog die als erstes an. Danach schminkte ich mich, etwas festlich, aber auch nicht so viel, da es Sommer ist und heute schönes Wetter sein sollte.

Dann nahm ich mein Lockenstab. Ich hatte vor mir meine Haare etwas zu locken und die obere Hälfte der Haare nach hinten festklammern. Da kam auch Marc schon rein, blieb stehen und schaute mich nur an. „Wow, an diesen Anblich kann ich mich gewöhnen. So sexy in Unterwäsche machst du dich fertig? Da werde ich ganz schwach." Da sah ich schon wie sein Penis wieder steif wurde und aus dem Bademantel rausblitzte. Ich lächelte Marc an und sagte:"Ich liebe es auch wie dein Körper auf meinen reagiert. Würde ich jetzt nicht so im Stress sein, dann würde ich auch direkt feucht werden. Unsere Körper verstehen sich auf den ersten Blick." „Oh ja, du bist halt hübsch." Marc kam zu mir her, umarmte mich und küsste mich am Hals. „Marc bitte nicht." „Okay, ich störe dich jetzt nicht mehr. Mach dich in Ruhe fertig." Er ging zu seinem Koffer und holte seine Boxershorts und Socken heraus und zog sie an. Dann nahm er aus dem Schrank sein creme farbenes Hemd mit kurzen Ärmeln und dunkelblaue Hose heraus und zog es auch an.

Er sah einfach richtig heiß in dem Enganliegendem Hemd aus. Es unterstrich seine ganzen Muskeln und das fand ich so heiß. „Hemden stehen dir richtig gut. Sieht echt lecker aus. Heute Abend will ich dir das Hemd vom Leibe reißen." „Oh wow, ich bin dabei." Dabei funkelten seine Augen und er lächelte mich an.

Er machte etwas Haargel in seine Haare und zog seine Schuhe und sagte:"Ich gucke mal ob wir etwas zum Frühstück bekommen und komme gleich wieder zu dir meine Hübsche." Ich warf ihm einen Luftkuss zu.

Ich machte meine Frisur zu Ende und hörte wie Marc wieder die Treppe hoch kam. „Deine Mama ist echt der Hammer, was sie für leckere Sachen zum Frühstück vorbereitet hat." „Ja, sie hat uns schon immer gerne bekocht. Was gibt es den?"

„Es gibt selbstgemachte Wecken, Spiegeleier und alles was man dazu haben möchte, selbstgekochte Marmelade und Käse und Schinken. Die haben schon gegessen, aber haben für uns auch etwas da gelassen." „Oh, ich habe richtig Hunger. Aber ich habe Angst mein Kleid dreckig zu machen." Ich zog mir wieder den Bademantel an und wir gingen Händchenhaltend runter. Meine Mutter lächelte ganz stolz uns an und sagte:"Guten Morgen."

„Guten Morgen Mama, Dankeschön für das

Frühstück." Es stand schon der Kaffee am Tisch. Ich und Marc nahmen uns den Kaffee und jeweils ein Brötchen. Meine Mama ist hoch gegangen um sich umzuziehen und wir aßen etwas. Marc aß die Spiegeleier und ich belegte mir ein Wecken mit Schinken und Käse.
Als wir mit dem Essen fertig waren, räumten wir alles vom Tisch ab. Meine Eltern kamen auch runter und halfen uns beim Abräumen. Meine Eltern unterhielten sich mit Marc und ich ging hoch und zog mein Kleid und meine Sandalen mit einem Absatz an. Leider habe ich den Reißverschluss meines Kleides nicht bis zum Schluss zu gemacht bekommen. Also ließ ich es offen um Marc um Hilfe zu bieten. Ich nahm noch eine kleine Tasche für mein Handy und etwas Schminke und Deo mit. Ich wollte gerade raus gehen, als mir das Geschenk für meine Oma einfiel. Also bin ich noch schnell zum Schrank hin und nahm das Geschenk mit und ging runter. Plötzlich drehten sich alle zu mir hin und ich hörte wie Marc sagte:"Wow, das ist meine Prinzessin." Diese Worte haben mich so Stolz gemacht und machten mir Schmetterlinge im Bauch. Marc kam auf mich zu, gab mir einen Kuss und nahm mir das Geschenk ab. „Marc, kannst du mir bitte mein Kleid zu machen?" Ich drehte mich mit dem Rücken zu Marc um. „Na klar, ich mache es gerne." Er zog den Reißverschluss absichtlich etwas langsamer

hoch und fuhr gleichzeit mit einem Finger meine Rücken hoch. Dabei bekam ich eine Gänsehaut. Mein Papa holte mich aus meinen Träumen wieder heraus indem er sagte:"Also, wir fahren vor und ihr uns hinterher oder?" „Ja, genau," antwortete ich mit etwas rauer Stimme. Wir gingen schnell raus, setzten uns ins Auto und fuhren meinen Eltern hinterher. Marc klopfte mit seinem Daumen an den Lenker und war etwas angespannt. Ich nahm seine Hand von dem Lenkrad in meine und fragte:"Was ist los Marc?" „Keine Ahnung, ich bin irgendwie aufgeregt deine Brüder kennen zu lernen." „Brauchst du nicht, die sind voll nett." Marc schaute mich kurz an und lächelte mich an. „Ich freue mich auf meine Oma, ich habe sie jetzt halbes Jahr nicht gesehen. Oh, guck Marc, meine Eltern fahren gleich gerade aus und wir müssen hier nach rechts. Du wolltest ja noch einen Blumenstrauß kaufen." Marc nickte und bog nach rechts ab. „Du kannst sitzen bleiben, ich hole schnell einen schönen Blumenstrauß." „Okay Marc. Ich warte hier." Marc stieg aus und kam nach paar Minuten wieder zurück. Er brachte einen wunderschönen, ganz bunten Blumenstrauß in Folie eingepackt und mir gab er eine rote Rose. „Das ist für dich meine Süße." „Danke Marc, das ist voll süß von dir." Wir küssten uns und fuhren zum Restaurant. Am Eingang standen meine Brüder mit Familien und meine Eltern. Wir gingen zu ihnen und ich stellte jedem Marc vor. Alle gaben ihm die Hand und begrüßten ihn. Als er zu Lilly kam, sagte er mit einer freundlicher Stimme und einem Lächeln:"Was ist das den für eine süße Prinzessin?" Er streichelte ihr die Hand und sie schaute ihn mit ihren großen blauen Augen an und lächelte ihn kurz an. Das fand ich so süß. Als er die Jungs begrüßt hat, fragte er sie, was sie so gerne machen. Beide antworteten natürlich Fußball spielen. „Cool, ich mag auch Fußball. Beim nächsten Mal bringe ich euch ein paar Fußballkarten mit. Sammelt ihr die?" Jungs freuten sich richtig und sagten:"Ja, wir haben schon ganz viele." „Cool, abgemacht." Dabei klatschen sie mit Marc ab. Meine Mama sagte plötzlich:"Wir dürfen rein gehen." Wir gingen rein und sahen in der Mitte des Festsaals den langen Tisch stehen. Er war schön mit Blumen, Glitzersteinchen und schönen Vasen dekoriert. Überall standen Namenskärtchen. Wir suchten unsere Namen und setzten uns an den Tisch. Wir durften alle zusammen sitzen. Dann kamen noch andere Gäste dazu. Wir kannten natürlich alle. Wir begrüßten uns gegenseitig und ich stellte ihnen Marc vor. Marc kam etwas näher an mein Ohr ran und flüsterte hinein:„Es ist hier richtig schön dekoriert. Hoffentlich ist das Essen auch richtig gut. Ich liebe es nämlich auf Festen lecker zu essen." Marc lächelte mich nur an. Ich fand es amüsant, dass er das mit dem Essen angesprochen hat. „Wenn ich ehrlich bin, so geht es mir auch. Auf Festen esse ich mich immer voll." Marc gab mir einen Kuss auf die Wange und ich spürte noch paar Sekunden danach die feuchte Stelle. Davon bekam ich eine Gänsehaut.

Als alle Gäste ihre Plätze eingenommen haben, kam als erstes ein Mann mit einem Mikrofon in den Saal und begrüßte uns:"Hallo ihr Lieben, herzlich Willkommen. Heute dürfen wir unsere liebe Elizabeth feiern. Sie ist ganze 80 Jahre alt geworden. Respekt. Das müssen wir erst versuchen zu schaffen. Begrüßt unsere Königin die Elizabeth mit einem lautem Applaus." Da kam meine Oma rein und sie war für ihre 80 Jahre richtig hübsch. Sie hatte ein schwarzes glitzerndes tailliertes Kleid an. Ich schaute meine Oma an und dachte nur Wow. Wir klatschen alle und jemand pfiff sogar. Der Moderator sprach weiter:" Das habt ihr super gemacht. Elizabeth verrate uns wie man mit 80 so wunderschön und sexy aussehen kann." Meine Oma nahm das Mikrofon und sagte:"Nur mit Liebe." Der Moderator nahm wieder das Mikrofon und sagte:„Das stimmt, Liebe ist etwas schönes. So, ich glaube jeder will sein Geschenk und seine Glückwünsche los werden und danach entspannt feiern. Daher dürfen erst

die Kinder und Enkelkinder herkommen und
gratulieren." Wir erhoben uns und gingen zu
meiner Oma. Als ich und Marc dran waren
wollte ich etwas sagen, aber meine Oma
umarmte mich und Marc gleichzeitig und
sagte:"Ich freue mich so sehr für euch. Ich
wünsche mir, dass ihr glücklich werdet.
Dankeschön, dass ihr da seid." Wir waren beide
so geschockt, dass wir sie nur angelächelt
haben. Sie nahm uns die Geschenke ab und
dann kamen auch schon die nächsten dran. Als
wir an unser Platz gingen gab uns eine
Bedienung jedem noch ein Glas Sekt. Ich trank
direkt ein Schluck. „Meine Oma mag dich
Marc." Marc umarmte mich an meiner Taille und
sagte:"Ich hätte auch nicht gedacht, dass es so
einfach sein wird." Wir setzten uns an unser
Platz und küssten uns kurz. „Deine Nichte und
Neffen sind echt süß," sagte Marc. „Danke,"
antwortete ich. „Du siehst so hammer aus."
flüsterte Marc mir ins Ohr. „Am liebsten würde
ich mit dir nach Hause fahren und den ganzen
Tag im Bett verbringen." Dabei zog sich bei mir
alles zusammen. Wir fingen uns an zu küssen
und zwischendurch sagte ich:"Ich auch."
Plötzlich holte uns der Moderator wieder in hier
und jetzt zurück und sagte:"Wir haben alle
Hunger. Das Buffet ist jetzt eröffnet. Elizabeth
darf als erste sich etwas leckeres holen. Ich
begleite Sie." Meine Oma klemmte sich bei dem

Moderator ein und er begleitete sie ans Buffet. Mein Opa lief hinter den beiden hinter her. Er ließ meiner Oma immer den Vortritt. Er wollte immer, dass meine Oma sich wie eine Prinzessin fühlt. Sie lieben sich sehr.

Danach standen alle auf und stellten sich in der Reihe auf. Es gab verschiedene Salate und warme Speisen. Es sah einfach alles so lecker aus. Ich nahm von fast allem einbisschen und Marc auch. Wir aßen und nach einer Weile kam der Moderator wieder und fragte, ob jemand ein paar Glückwünsche aussprechen möchte."

Meine Eltern haben dafür einen kleinen Gedicht vorbereitet und Omas Freundinnen auch. Dann wurde das Licht etwas gedämmt und Musik fing langsam an zu spielen. Der Moderator ging zu meinem Opa und sagte:"Sie dürfen ihre Prinzessin zum Tanz einladen." Das ließ mein Opa sich nicht zum zweiten Mal sagen und stand sofort auf. Er streckte meiner Oma seine Hand aus und dann ging es auf die Tanzfläche. Beide hatten es noch voll drauf. Sie tanzten sehr innig und verliebt miteinander.

Dann sagte der Moderator wieder:"Die Männer im Saal dürfen ihre Prinzessinnen zum Tanz einladen." Plötzlich hörte ich wie Marc mich fragt:"Magst du mit mir tanzen meine Maus?" „Oh sehr gerne." Es war ein langsamer Tango aus Omas Zeiten. Wahrscheinlich kommt heute nur so eine Musik, dachte ich für mich. Marc umarmte mich richtig und er führte mich. Ich merkte wie gut er tanzen kann. „Das macht mich sehr an, wie du tanzt und deine Nähe," sagte ich zu Marc. Wir küssten uns zwischendurch. „So viel Spaß beim langsamen Tanz hatte ich noch nie," sagte ich zu Marc. „Ich auch meine Süße." Als der Tango zu Ende war, kam plötzlich eine moderne Musik um frei zu tanzen. Marc ließ mich los und tanzte frei neben mir. Ich war begeistert wie schön er sich bewegen kann. Wir tanzten so die nächsten drei Lieder. Nach dem dritten Lied nahm mich Marc an der Hand und führte mich zu unseren Plätzen wo meine Eltern saßen und sich mit meiner Oma und meinem Opa unterhielten. Meine Oma sah uns kommen und lächelte uns an. Sie fragte Marc direkt was er so in seiner Freizeit und beruflich macht. Sie sagte auch, dass er so toll tanzen kann. Marc lächelte und sagte:"Tanzen hat meine Mama mir beigebracht, sie ist eine Tanzlehrerin und beruflich bin ich Architekt." „Wow, super, deine Mama hat einen super Job gemacht." Ich beobachtete meine Oma und Marc wie sie sich weiter unterhielten. Marc machte meiner Oma Komplimente und meine Oma flirtete mit ihm einbisschen. Plötzlich kamen meine Neffen angerannt und ruften laut, da die Musik laut war:"Onkel Marc, Onkel Marc, magst du mit uns mitkommen? In dem Nebenzimmer kann man

Fußball spielen." Marc nickte und sagte:"Klar!"
Er gab mir einen Kuss und lief mit den Jungs
ins andere Zimmer. Ich bin sitzen geblieben um
Marc etwas Zeit mit meinen Neffen zu geben.
Meine Brüder kamen zu mir her und setzen sich
rechts und links von mir und fingen an mit mir
über Marc zu reden:"Er gefällt uns. Du siehst so
glücklich aus." „Danke ihr zwei." Wir
unterhielten uns noch einbisschen und plötzlich
hatte ich das Bedürfnis nach Marc zu sehen.
Ich ging ins Nebenzimmer und lehnte mich an
die Tür. Ich schaute paar Minuten zu wie die
Jungs mit Marc Fußball spielen und wie viel
Spaß es denen bereitet. Plötzlich wurde ich von
meinem Neffen entdeckt und er sagte:"Marc, du
wirst abgeholt." Wir mussten lachen. „Also
Jungs ich geh weiter tanzen. Ihr spielt echt gut.
Wir kommen euch mal besuchen und dann
spielen wir weiter." Er klatschte jeden ab und
wir gingen Händchenhaltend zurück in den
Saal. Sabrina kam uns entgegen und fragte
Marc:"Haben Jungs dich aus der Puste
gebracht?" „Ja, die spielen richtig gut,"
antwortete Marc grinsend. Sabrina guckt Marc
an und sagt:"Irgendwoher kenn ich dich, aber
mir fällt es nicht ein." „Hm, ich bin oft überall
unterwegs, vielleicht hast mich ja irgendwo
gesehen." „Ja, kann sein. Viel Spaß noch, ich
gucke noch nach den Jungs." Wir gingen an
den Tisch um etwas zu trinken.

„Komm wir tanzen noch," sagte Marc und zog mich auf die Tanzfläche. Wir tanzten erst nebeneinander und dann ganz eng umschlungen zusammen. Dabei fing Marc mein Rücken leicht hoch und runter zu streichen. Ich bekam richtig Gänsehaut und spürte wie Marcs Penis steif wurde. Ich habe richtig Angst bekommen, dass es jemand merkt, aber beruhigte mich sofort, da es dunkler war in dem Saal. Wir schauten uns in die Augen und spürten das Knistern zwischen uns und die Lust. Marc flüsterte mir ins Ohr:"Wie lange geht die Feier noch? Ich halte es bald nicht mehr aus. Du siehst so heftig heiß in deinem Kleid aus. Ich will dich sehr und mit dir auf dem Klo zu treiben finde ich etwas ekelig. Und in mein Auto, das wäre zu auffällig." Ich grinste ihn an und sagte:"Ich glaube, nicht mehr lange. Ich hoffe es zumindest. Eigentlich sollte es ein Mittagessen werden, aber wir haben schon fast Abend. Ich halte auch bald nicht mehr aus. Ich bin schon die ganze Zeit so feucht, wenn ich dein Körper so nah an meinem spüre." Wir küssten uns und ich wurde noch feuchter und meine Backen brannten und fühlten sich rot an. Ich dachte, wenn mich jemand fragt wieso ich so rot im Gesicht bin, dann sage ich, dass es vom Tanzen kommt.

Wir tanzten noch paar Lieder miteinander, da es eine gute Ablenkung war. Dann, plötzlich bat uns der Moderator an unsere Plätze zu gehen, den jetzt kam die Geburtstagstorte. Die Torte war dreistöckig und mit bunten Blumen dekoriert. Meine Oma durfte die Torte aufschneiden. Die Torte war innen drin ganz bunt. „Ich hoffe sie schmeckt auch so wie sie aussieht," sagte ich zu Marc. „Ja, das hoffe ich auch. Die Torte sieht nämlich einfach wunderschön aus." Marc gab mir einen Kuss auf die Wange. Der Moderator sagte, dass wir uns Kaffee oder Tee holen können und dass da auch noch ein paar leckere Gebäcke dazu gibt. Wir gingen ans Buffet und holten uns etwas Gebäck und ein Stück von der Geburtstagstorte. Wir brachten unsere Teller an den Tisch und wollten Kaffee holen gehen, da sagte Marc:"Setz dich hin Süße, ich bringe uns Kaffee." Ich war richtig überrascht. „Oh danke Süßer, ich wurde noch nie so bedient." Marc brachte uns Kaffee und wir genossen die süßen Leckereien. „Ich liebe süßes Gebäck. Ich hoffe du kannst backen? Ich kann es nämlich gar nicht," fragte mich Marc. „Oh tut mir Leid, ich habe gehofft, dass du backen kannst. Ich liebe nämlich auch die ganzen Kuchen und Torten, aber die klappen bei mir nie. Aber meine Mama kann backen. Wir fahren dann immer zu ihr, wenn wir Lust auf etwas süßes bekommen." „Abgemacht." Der Moderator verabschiedete sich von uns und sagte, dass wenn wir noch

Lust haben, können wir noch tanzen, aber seine Arbeit ist jetzt erledigt. Er wünschte uns noch einen schönen Abend und lies die Musik etwas laufen. Marc ging auf die Toilette. Da kam mir eine Idee. Ich rutschte zu meiner Mama rüber und fragte sie:"Ist es in Ordnung wenn ich und Marc schon gehen? Wir möchten noch etwas spazieren. Wird Oma nicht traurig sein?" „Nein, nein Liebes. Nick und Andrew werden jetzt auch gehen. Die Kinder sind schon müde. Deine Oma versteht so etwas." „Super, danke." Ich gab meiner Mama einen Kuss auf die Backe. Da kam auch schon Marc mit meinem Bruder Nick zu uns. Nick wollte kurz Tschüss sagen, da sie jetzt nach Hause fahren. Nick umarmte mich und flüsterte mir ins Ohr:"Ich mag Marc sehr. Ich wünsche dir viel Glück mit ihm." Ich drückte meinen Bruder noch fester an mich. Nick gab Marc die Hand und sagte:"Kommt aufjedenfall sehr bald zu uns, dann machen wir gemeinsam einen gemütlichen Abend." „Das machen wir Nick," sagte Marc.

Ich nahm Marc an der Hand und wir gingen zu meiner Oma:"Omi, ist es in Ordnung wenn wir jetzt gehen würden? Ich möchte Marc noch unsere Stadt zeigen." „Natürlich mein Liebes." Und plötzlich umarmte sie uns wieder beide gleichzeitig. „Wenn ihr mal Zeit habt, dann kommt uns mal besuchen. Ich würde mich sehr freuen. Und wartet nicht zu lange mit der Hochzeit, ich möchte da auch noch dabei sein," dabei grinste und zwinkerte meine Oma dem Marc zu. „Okay Elizabeth. Dankeschön für den schönen Tag," bedankte sich Marc. Wir sagten noch schnell meinem Opa, meinem Bruder Andrew und seiner Familie Tschüss und einigten uns, dass wir sie bald besuchen kommen.

Wir liefen Händchenhaltend ganz schnell aus dem Restaurant heraus und setzten uns schnell in Marcs Auto rein. Marc kam zu mir ganz nah heran und wir küssten uns ganz wild. Seine Hand wanderte langsam über mein Oberschenkel und unter mein Kleid. Ich legte meine Hand auf sein Penis und spürte wie steif und groß er geworden ist. Es fühlte sich so an, als ob die Hose gleich platzen würde. Marc hörte auf mich zu küssen und fragte:"Gibt es hier irgendwo in der Nähe ein Parkplatz oder ein Waldgrundstück wo wir ungestört sein können?" „Ja, wieder der Gleiche wie beim letzten Mal." Also machte Marc die Navigation an und drückte auf letzte Orte. Zwei Minuten bis zum Ziel. Meine Hand lag noch immer auf seinem Penis und ich streichelte ihn ganz leicht. Ab und zu drückte Marc seine Hüfte gegen meine Hand und stöhnte leicht auf. „Carla, du hast mich da ganz wahnsinnig gemacht mit deinem sexy Kleid und deinen

Hüftschwüngen. Wenn ich mich bis jetzt nicht in dich verliebt hätte, dann wäre es jetzt spätestens passiert." „Als ich das Kleid im Schaufenster gesehen habe, da musste ich an dich denken und habe es direkt gekauf. Ich dachte eigentlich, dass ich es für unser erstes Date anziehe und habe es mir dann doch anders überlegt. Aber weist du was war, als ich das Kleid anprobiert habe. Ich war in der Umkleidekabine und probierte das Kleid an. Es gefiel mir direkt, also betrachtete ich mich länger im Spiegel. Plötzlich bekam ich ein richtiges Kopfkino, wie wir in der Umkleidekabine und in dem Kleid treiben und plötzlich kam die Verkäuferin und riss mich aus meinen Träumen raus. Da habe ich mich erschreckt." Marc musste laut lachen. „Wir können das auch verwirklichen, wenn du magst?" Zwinkerte Marc mir zu. „Oh nein, lieber nicht." Marc schob seine Hand unter mein Kleid zu meinen Höschen. Er schon mein Höschen zur Seite und ich spreizte automatisch meine Beine auseinander. Er streichelte an meiner Vagina und ich knöpfte seine Hose auf und holte seinen Penis heraus und fuhr mit meiner Hand immer hoch und runter. Wir stöhnten immer wieder auf. Marc parkte wieder sein Auto wie beim letzten Mal und zog ganz schnell seine Hose runter. Er bat mich nach hinten auf die Hinterbank zu klettern. Ich zog mein

Höschen aus und kletterte nach hinten. Marc kletterte mir hinterher. Er setzte sich und ich stieg auf ihn drauf. Meine Hände schlang ich um sein Nacken. Marc zog mein Kleid etwas hoch und hielt mich an meinen Hüften fest. Sein Penis drang ganz langsam in mich ein. Er bewegte sich hoch und runter. Endlich! Es fühlte sich so befreiend und befriedigend an. Jetzt merkte ich wie sich die Lust nach Marc in mir aufgestaut hat. Ich stöhnte nur und Marc auch. Es war einfach unbeschreiblich schön. Ich liebe es mit Marc zu schlafen und Liebe zu machen. Ich möchte nicht, dass es aufhört. Ich möchte immer mehr. Ich möchte ihn aufschlingen. Marc küsste mein Hals und mein Mund und immer wieder meine Brust. Es war einfach perfekt mit ihm. Egal wo und wie wir miteinander schlafen, das fühlt sich immer so richtig und normal an. Wir gehören einfach zusammen. Wir haben uns gefunden. Er ist meine Hälfte von mir. Marc kam plötzlich aus mir heraus und gab mir ein Kondom, den er aus seiner Hosentasche raus geholt hat. Ich schaute ihn etwas verwirrt an und Marc sagte:„Ich möchte dein schönes Kleid nicht versauen." Ich zog ihm das Kondom auf seinen steifen Penis an und wir machten da weiter wo wir aufgehört haben. Marc kam nach nur kurzer Zeit. Wir umarmten uns und küssten uns."Es war einfach wunderschön und befriedigend," sagte Marc. „Du bist so wunderschön Carla. Ich kriege nicht genug von dir." „Das hoffe ich doch. Marc ich will noch. Es war so so heiß." „Hmm, mein Mädchen bekommt wohl nicht genug von mir. Das macht mich an. Aber das, mein Mädchen, lassen wir als Nachtisch. Ich überrasche dich im Bett." Mit diesen Worten machte er mich ganz neugierig. Was er damit wohl meint. Ich kann es schon kaum abwarten es zu erfahren:„Ich liebe Nachtisch." Dabei grinsten wir uns an und küssten uns. Ich stand von Marc auf, nahm ein Taschentuch und wischte mich etwas ab. Ich war nämlich ganz nass unten. Marc nahm auch ein Taschentuch und zog das Kondom aus und legte alles in eine kleine Tüte rein. Wir zogen uns an. Marc stieg kurz aus dem Auto raus um die Tüte in den Mülleimer, der auf dem Parkplatz stand, wegzuschmeißen. Als er wieder ins Auto einstieg sagte er:„Boa, in dem Auto riecht es so, als ob hier jemand Sex hatte. Da kriegt man ja richtig Lust drauf." Dabei grinsten wir uns an und küssten uns. „Wohin sollen wir noch fahren?" fragte Marc. „Ich würde sagen ins Bett und da bis zum nächsten Morgen nicht raus gehen." „Die Idee finde ich super." Marc drehte das Radio etwas lauter und wir fuhren los. Im Radio kam ein Sommerhit, zu dem ich einfach tanzen musste. Es war einer meiner Lieblingslieder. Ich fing an mich zu dem Lied zu bewegen und mit zu singen. Marc tat es mir nach und wir lächelten uns gegenseitig an. Ich bin einfach glücklich. Ich versuche diese Momente einzusaugen und nie vergessen. Es ist einfach wunderschön.

Als wir bei meinen Eltern ankamen, waren sie noch nicht zu Hause. Wir gingen ins Haus rein und Marc drückte mich direkt an die Tür und fing an mich zu küssen. „Oh stopp, ich habe meine Rose im Auto vergessen," sagte ich plötzlich. „Okay, kein Problem." Marc lief schnell raus und holte mir meine Rose. Währenddessen fühlte ich eine Vase mit Wasser auf. Wir stellten die Rose in die Vase und nahmen sie mit hoch. Marc machte noch den Kühlschrank auf und nahm eine Flasche Wasser mit. Ich stellte die Vase auf den Tisch. Marc trank etwas Wasser und gab mir dann die Flasche. Ich nahm paar Schlucke. Ich konnte nicht richtig trinken, da Marc mich die ganze Zeit am Rücken gestreichelt und am Hals geküsst hat.

Marc nahm mir die Flasche ab und stellte sie an den Tisch. Er hob mich an und legte mich aufs Bett. Marc kletterte zu mir hoch und blieb neben meinen Beinen sitzen. Er hob mein Kleid hoch und zog mein Höschen aus. Plötzlich küsste er meine Vagina und streichelte sie mit seiner Zunge. Durch seinen warmen Atem, die Feuchtigkeit und den Druck seiner Zunge musste ich laut aufstöhnen. Ich griff mit beiden Händen in den Lacken rein. Den in dem Moment dachte ich, dass mein Kopf vor lauter Glücksgefühle platzt. Ich griff mit meinen Händen in seine Schulter und drückte meine Hüften gegen seine Zunge. Ich hatte ganze Zeit das Gefühl, dass ich kurz vorm Orgasmus stehe. Ich stöhnte ganz laut auf und hoffte einfach, dass meine Eltern noch nicht nach Hause kommen. Marc guckte kurz hoch und sagte:"Das ist dein Nachtisch." Ich brach nur ein stöhnen heraus. Nach paar Minuten Gefühlsexplosion bekam ich meinen ersten Orgasmus. Meine ganzen Muskeln zogen sich zusammen und ich wollte einfach noch mehr. Bis ich wieder zu mir kam, spürte ich wie Marc in mich eindrang. Die Gefühle wurden jetzt noch intensiver und ich musste noch mehr stöhnen und bog mein ganzes Körper gegen seinen. Marc stöhnte mit mir und wir verschmolzen zusammen. Es hat nicht lange gedauert und da kam Marc in mir. „Oh sorry Baby, ich wollte eigentlich nicht in dir kommen, aber ich habe es nicht mehr ausgehalten. Du bist so heiß." „Das ist nicht so schlimm." Wir küssten uns. Ich spürte wie Marcs Penis erschlaffte und aus meiner Scheide raus kroch. Ich machte die Schublade vom Nachttisch auf und holte eine Packung Taschentücher heraus. Marc nahm mir die Packung aus der Hand, holte ein Taschentuch raus und wischte mir unten alles auf. Dann nahm er die Bademäntel und zog mir einen an. Wir gingen ins Badezimmer, unter die Dusche. Wir standen wieder wie gestern umschlungen unterm warmen Wasser und küssten uns. Danach wuschen wir uns schnell. Als wir wieder ins Zimmer gegangen sind, hörte ich wie der Schloss unten in der Eingangstür aufging. Meine Eltern kamen nach Hause. Wir rannten schnell ins Zimmer rein um nicht gesehen zu werden, wie wir hier mit Bademänteln herum laufen. Marc kam auf mich zu und zog mir den Bademantel aus. Wir standen uns gegenüber und Marc streichelte mich überall mit seinen Händen. Ich bekam direkt Gänsehaut. „Carla, du bist so wunderschön. Ich liebe dein Körper." Ich hatte das Gefühl, dass ich gleich das Gleichgewicht verliere. Es fühlte sich einfach schön an. Marc hob mich an und legte mich aufs Bett. Er legte sich dazu, deckte uns zu und wir lagen ganz nah umschlungen miteinander. Marc streichelte weiter meinen Rücken hoch und über die Po Backen runter. Ich küsste immer wieder seine glatt rasierte Brust. „Rasierst du deine Brust oder epilierst du?" Marc lachte laut auf. „Die Frage kam jetzt echt unerwartet. Nein, ich gehe extra ins Hautstudio und lasse es mir da komplett wegwachsen. Ich ziehe immer eine ganz knappe Unterhose an, die kann ich dir mal präsentieren," dabei lächelte und blinzelte mich Marc an. „Mein Penis und meine Hoden sind bedeckt und alles drum herum wird gewachst." „Was, echt? Das tut doch voll weh, besonders da unten." „Das erste Mal hat es heftig weh getan. Mir kamen da tatsächlich die Tränen obwohl ich nicht geweint habe. Aber nach mehrmaligem wachsen hat sich die Haut dran gewöhnt. Und ich versuche mich auch mit schöner Musik abzulenken. Ich hoffe es gefällt dir?" „Ja, sehr sogar. Ich liebe es auch immer glatt rasiert zu sein, aber ich rasier mich alle zwei bis drei Tage und es nervt. Vielleicht muss ich mal wachsen ausprobieren." „Ich kann mit dir mitkommen und dich ablenken." „Das würdest du tun? Das ist echt süß von dir. Ich überlege mir das aufjedenfall." „Für dich würde ich alles tun." Nach diesen Worten musste ich ihn einfach küssen. So etwas hat noch keiner zu mir gesagt.

„Fahren wir nach dem Frühstück zu mir?" Fragte mich Marc. „Ja, gerne, aber davor fahren wir bei mir vorbei damit ich meine Tasche abstellen kann." „Ja, und frische Sachen mitnehmen kannst. Ich will dass du bei mir übernachtest." Dabei schaute Marc mich fragend an. „Okay mein Süßer," dabei küsste ich ihn. Es ist alles so perfekt. Ich habe Angst, dass ich gleich aufwache und realisiere, dass es nur ein Traum war. Wir schliefen ein.

Ich wachte von dem hellen Licht, was durch das Fenster reinschien, auf. Es war sehr früh am Morgen. Mein Nacken hat mir richtig weh getan. Das war kein Wunder, den ich lag auf Marcs Arm und das wahrscheinlich die ganze Nacht. Ich drehte mich auf die Seite und schaute Marc genau an. Er war so hübsch, sogar wenn er schläft. Er ist einfach perfekt. Diese definierten Muskeln, die glatte Haut überall. Am Liebsten würde ich ihn einfach nur küssen. Ich erhob mich leicht und gab ihm einen leichten Kuss auf die Wange. Dann nahm ich mein Handy und legte mich auf mein Kissen. Es war richtig entspannt für mein Nacken.

Ich schrieb Rebecca eine Nachricht:"Guten Morgen Rebecca. Wie geht es dir? Ich kann es kaum abwarten wann du wieder zurück kommst. Marc hat mich heute zu sich nach Hause eingeladen. Wir fahren zu ihm. Das ist das erste Mal, dass mich ein Mann direkt zu sich nach Hause bringt. Ich habe mich so in ihn verliebt. Ich kann mir mein Leben ohne ihn nicht mehr vorstellen. Wenn er mir jetzt einen Heiratsantrag macht, dann sage ich sofort ja. Ich würde am Liebsten gleich bei ihm einziehen. Aber wenn du bei mir bist, dann erzähle ich dir alle Details. Kussi."

Plötzlich vibrierte Marcs Handy und auf dem Display stand Max drauf. Es vibrierte lange, aber Marc wurde davon nicht wach und ich wollte ihn auch nicht aufwecken. Es war so entspannt neben ihm zu liegen und ihn beim Schlafen zu beobachten. Dann kam eine Nachricht von Max und kurze Zeit später noch eine. Ich ließ mich von dem Vibrieren nicht ablenken und schaute nach neuen Anziehsachen im Internet. Plötzlich ertappte ich mich dabei, dass ich mir Brautkleider anschaue. Es waren sehr viele schöne dabei. Ich bin bereit zu heiraten. Plötzlich vibrierte wieder Marcs Handy. Es war wieder Max. Er schickte ihm viele Nachrichten. Er braucht Marc wahrscheinlich dringend. Aber es ist mir egal. Er gehört mir und ich habe das Recht mit ihm seine freie Zeit zu verbringen.

Ich hörte unten wie meine Mama Frühstück vorbereitet und entschied mich kurz zu ihr hin zu gehen und zu sagen, dass wir, nachdem Frühstück fahren werden.

Ich zog mir Unterwäsche und kurze Shorts mit Top an und das alles ganz leise und schlich mich aus dem Zimmer heraus.

„Guten Morgen Mama." „Oh, guten Morgen Liebling. Ich hoffe ich habe dich nicht geweckt?" „Nein, nein. Ich liege schon seit einer Stunde wach. Marc schläft noch, daher dachte ich ich komme zu dir mal runter und rede mit dir einbisschen. Wir haben vor nach dem Frühstück wieder zu fahren. Marc hat mich zu sich eingeladen und wir wollen den heutigen Tag zusammen verbringen, den morgen muss er wieder zur Arbeit." „Es ist okay, das verstehe ich. Wenn man frisch verliebt ist, dann will man jede Sekunde miteinander verbringen. Ich backe gleich frische Brötchen auf und wenn ich alles vorbereitet habe, dann können wir zusammen noch frühstücken. Aber Carla, was ich sagen wollte, Marc gefällt mir total. Ich hoffe so sehr, dass ihr glücklich miteinander werdet. Ihr seht so verliebt und glücklich miteinander aus. Das freut mich so sehr." Ich umarmte meine Mama. „Er macht mich richtig glücklich. Ich dachte ich habe die Liebe schon gekannt, aber jetzt merke ich, dass das die wahre Liebe ist und der Rest Verliebtheit war. Bei den Anderen war ich nicht mal traurig, wenn die nicht in der Nähe waren, aber bei Marc ist es, dass ich jetzt schon richtig traurig werde, wenn er morgen wieder arbeiten geht. Ich weiß nicht, wie ich es aushalten soll, solange er auf der Arbeit ist. Ich habe ja jetzt Urlaub und er muss arbeiten." „Man gewöhnt sich da dran. Vielleicht zieht ihr ja zusammen und die Situation wird dann anders. Dann werdet ihr jede freie Sekunde miteinander verbringen. Aber vergisst uns nicht zu besuchen." „Auf gar keinen Fall, wir werden bei jeder Gelegenheit vorbei kommen." Ich umarmte meine Mama noch einmal und bin hoch ins Badezimmer gegangen. Ich ging aufs Klo und putzte mir die Zähen. Als ich ins Zimmer rein kam, wurde Marc dadurch wach. „Oh Baby, wo warst du? Ohne dich aufzuwachen ist echt nicht so schön. Komm zu mir ins Bett." Er streckte seine Arme zu mir heraus. Ich ging sofort zu ihm, legte mich auf ihn und gab ihm einen Kuss. Wir schauten uns an und grinsten. Ich spürte seinen steifen Penis. Dadurch bekam ich auch Lust auf ihn, aber meine Mama wartete unten mit dem Frühstück auf uns. „Wir müssen das jetzt verschieben und uns fertig machen. Meine Mama möchte einen gemeinsamen Frühstück mit uns, erst danach dürfen wir los fahren." Marc drückte sein Kopf ins Kopfkissen und machte:"Hhhhhh, schade und ich hatte schon richtige Fantasien wie ich dich durchnehmen kann. Okay, dann machen wir uns schnell fertig, essen schnell und fahren sehr schnell zu mir, damit ich mit dir noch weitere Stellungen ausprobieren kann." Ich lachte und wir küssten uns. „Da bin ich schon mal gespannt." Ich stand von ihm auf und dabei gab er mir einen leichten Klaps auf den Po. Ich erschrak einbisschen, da es etwas unterwartet kam und machte zum Spaß ein böses Gesicht und sagte:"Hey." Marc stand sofort auf und umarmte mich und fing mich an zu küssen und langsam auszuziehen. Ich wurde richtig feucht. Ich spürte wie es aus mir rausfloss. Ich musste sogar etwas stöhnen.

Plötzlich stand ich in Unterwäsche vor Marc. Er streichelte mich am Rücken und den Oberarmen, schaute mich an und sagte:"Du bist so schön. Ich gehe jetzt schnell ins Bad." Und ging plötzlich aus dem Zimmer heraus. Ich war ganz geschockt. Ich habe gehofft, dass wir ganz kurz Liebe machen. Wie konnte er mich so heiß machen und danach einfach gehen. Das ist etwas gemein. Ich zog mir eine frische Unterhose an. Zog mir eine Jeansshorts und einen Top an und band mir meine Haare zu einem Zopf. Ich fing meine Kleidung in den Koffer einzupacken, da kam Marc ins Zimmer ein. Ich stand mit dem Rücken zu ihm, leicht gebeugt. Er kam zu mir und umarmte mich von hinten. Dabei stellte ich mich aufrecht hin und Marc fing an mein Hals zu küssen. „Marc, du machst mich ganz heiß und feucht. Ich habe schon keine Kleidung um mich noch einmal umzuziehen und bis nach Hause halte ich dann auch nicht aus." „Du bist so heiß, ich will dich die ganze Zeit nur anfassen und dich lieben." Wir küssten uns noch mal und dann zog Marc sich an. Währenddessen räumte ich ihm Zimmer alles auf. Marc brachte unsere Koffer ins Auto und ich ging runter. Meine Eltern warteten schon in der Küche."Guten Morgen Liebling," sagte mein Papa. „Guten Morgen Papa." „Mama hat gesagt, dass ihr nach dem Frühstück fahren wollt. Ich verstehe es, aber kommt bald wieder. Beim nächsten Mal will ich, dass alle dann da sind." Ich umarmte meinen Papa und sagte:"Das machen wir." Wir unterhielten uns noch einbisschen und fuhren dann zu. Ich legte meinen Kopf auf Marcs Schulter und er legte seine Hand auf mein Oberschenkel. „Habe ich dir eigentlich schon erzählt, dass ich noch eine Woche Urlaub habe?" Fragte ich Marc. „Echt? Nein, hast du noch nicht. Magst du dann bei mir die Zeit über bleiben. Ich werde versuchen immer etwas früher von der Arbeit nach Hause zu kommen." „Früher wäre um wie viel Uhr?" Fragte ich Marc. Er antwortete:"Mal um 17 Uhr, mal um 15 Uhr." „Ich gucke gleich wie weit wir von einander weg wohnen und würde lieber zu dir jeden Abend kommen oder du zu mir. Weil zu Hause kann ich wenigstens die Zeit etwas nutzen und meine Schränke umsortieren oder lesen." „Ja, das verstehe ich." Nach kurzer Pause sagte er dann weiter:"Deine Familie gefällt mir, sie sind alle sehr nett," sagte Marc und ich musste vor Glück lächeln. Er mag meine Familie, das ist echt schön. Ich sagte mit meiner glücklichen Stimme:"Meine Brüder haben uns zu sich eingeladen. Die mögen dich nämlich auch alle." „Oh, das freut mich, ich habe mir richtig viel Mühe gegeben ihnen zu gefallen." Marc gab mir einen Kuss auf meinen Kopf. Ich antwortete:"Ja, das ist dir auch gelungen." Wir fuhren weiter und hörten einfach dem Radio zu. Ich wurde so müde und merkte gar nicht wie ich eingeschlafen bin. Marc weckte mich mit einem Kuss auf die Stirn:"Carla, wir sind da. Du musst aufwachen, auch wenn du so schön schläfst. Ich habe dich so gerne beobachtet. Das können wir öfters mal machen." Ich musste lachen. Wir küssten uns und wir gingen hoch in meine Wohnung. Marc brachte mir den Koffer hoch. Wir stellten meinen Koffer in die Ecke und ich legte in eine andere Tasche ein paar Kleidungsstücke für eine Nacht zusammen. Plötzlich klingelte Marcs Handy. Er schaute auf das Display und seine Gesichtszüge haben sich direkt verändert. Er bekam direkt Falten auf der Stirn. „Tut mir Leid, ich muss da ran gehen." Marc ging in die Küche und nahm ab. Ich hörte nur wie er sagte:" Ich kann gerade nicht. Aber..... Kann es nicht jemand anders..... Okay, okay...."

Marc kam zu mir ins Zimmer rein und schaute richtig traurig auf mich. „Carla, wir müssen das leider verschieben. Es tut mir so leid, aber ich muss meinen Kumpel retten. Es kann kein anderer." Ich schaute ihn fragend an und fragte:"Ist es Max? Geht es ihm gut?" Marc guckte mich ganz erschrocken an. „Ja, eh, wie, woher kennst du Max?" „Ich kenne ihn nicht. Er hat nur heute morgen paar Mal angerufen und dir paar Nachrichten geschrieben. Das habe ich nur auf dem Display gesehen." „Ah, okay. Ich habe noch gar nicht meine Nachrichten angeschaut. Ich wollte die Zeit mit dir verbringen. Ich muss jetzt leider direkt los. Ich rufe dich sofort an, wenn ich wieder zu Hause bin oder ich hole dich ab." Ich nickte. Marc kam zu mir und wir küssten uns. „Das mache ich wieder gut, versprochen." Er küsste mich und ging. Ich war richtig traurig. Ich wollte so sehr mit ihm die Zeit verbringen. Wieso musste sein Kumpel ausgerechnet jetzt anrufen und das ist nicht das erste Mal, dass er wegen ihm einfach so wegfährt. Ich muss mit ihm noch mal über diesen Kumpel reden. Wieso sind wir eigentlich nicht auf die Idee gekommen, dass ich einfach mitkomme? Nächstes mal machen wir es aufjedenfall. Ich fahre einfach mit. So kann ich die Zeit trotzdem zusammen mit ihm verbringen.

Ich war richtig traurig und wollte einfach nur mich im Bett verkriechen und nichts machen. Also nahm ich mein Buch und legte mich aufs Sofa. Immer wieder merkte ich wie ich mit meinen Gedanken beim Marc bin und nicht bei meinem Buch. Immer wieder kamen mir die Erinnerungen von unseren gemeinsamen Stunden. Ich vermisse Marc so sehr. Wieso können wir nicht die Zeit zusammen verbringen? Vielleicht ruft er mich bald an. Ich schrieb meiner Mama eine Nachricht, das wir gut angekommen sind, machte mein Handy ganz laut und legte es neben mich. Ich schaltete den Fernseher an und guckte einfach eine Sendung nach der anderen an. Ich schaute auf mein Handy. Es war keine Nachricht und kein verpasster Anruf. Es war schon 15 Uhr. Ich hatte richtig Hunger. Ich bestellte mir eine Schinkenpizza mit viel Käse. Halbe Stunde später kam meine Pizza. Ich aß sie vor dem Fernseher auf und schaltete alle Kanäle durch. Es lief einfach nichts interessantes im Fernsehen. Aber auf etwas anderes hatte ich einfach keine Lust und so verbrachte ich bis spät Abend die Zeit vor dem Fernseher. Es war schon zehn Uhr nachts, aber keine Nachricht von Marc. Ich war schon ganz müde und entschied mich hier zu schlafen und auf Marc zu warten. Vielleicht meldet er sich noch.

Plötzlich wachte ich von dem Ferneseher auf, da eine laute Musik spielte. Es war schon ein Uhr nachts. Ich schaltete den Ferneseher aus, schaute auf mein Handy, keine Nachricht von Marc und schlief weiter.

Es klingelte an die Tür. Ich wachte auf und schaute auf mein Handy. Noch immer keine Nachrichten. Es war halb zehn Uhr morgens. Ich fühlte mich ausgeschlafen, aber traurig. Plötzlich klingelte es wieder an die Tür. Jetzt verstand ich wieso ich wach wurde. Ich stand

schnell auf und rannte an die Tür. Es war Marc. Ich habe mich riesig gefreut. Ich sprang leicht auf ihn hoch und umklammerte meine Arme um seinen Nacken. Er nahm mich an meinen Po baken hoch und brachte mich in mein Schlafzimmer. Marc legte mich aufs Bett und legte sich auf mich drauf und wir knutschten rum. Ich war so glücklich Marc wieder bei mir zu haben. Durch das Küssen wurde ich richtig feucht. Ich spürte wie seine Hand langsam in meine Hose gleitet und dabei bekam ich eine Gänsehaut. Marc zog mir meine Hose samt Unterhose runter und zog danach seine Jeanshose runter. Er legte sich wieder auf mich und ich spürte seinen harten und heißen Penis auf meiner Scheide. Ich wollte ihn einfach in mir haben. Ich drückte meine Hüften leicht gegen sein Penis um ihm damit zu sagen, dass ich ihn möchte. Marc nahm meine Arme und streckte sie nach oben und hielt sie fest. Es fühlte sich einfach nur heiß und stark an. Er erhob sich leicht, ich schlang meine Beine um seine Hüften und er glitt in mich ein. Es fühlte sich so schön an komplett zu sein. Wenn wir miteinander schlafen, fühlt es sich so an, als ob wir
ein ganzes sind. Wir bewegten uns gleichzeitig. Das Spiel der Bewegungen zwischen uns passte total. Wir ergänzten uns. Ich stöhnte und bewegte mich immer schneller und schneller

und Marc bewegte sich mit mir mit. Ich wollte ihn immer tiefer in mir spüren. Ich drückte meine Hüften gegen ihn. Plötzlich zog er sein Penis aus mir heraus, hielt ihn fest und kam in seine Hand. Ich hatte nicht genug. Ich wollte noch mehr. Viel mehr wie davor. Marc ging ins Badezimmer. Nach ein paar Minuten kam er wieder zurück und legte sich neben mir. Wir umarmten uns und er streichelte mein Gesicht. „Carla, ich habe dich so sehr vermisst. Es tut mir so leid, dass ich mich nicht gemeldet habe. Aber ich habe ja gesagt, dass ich es wieder gut mache. Ich habe mir jetzt für diese Woche Urlaub genommen." Ich schaute Marc mit großen Augen an und konnte es kaum glauben was er da sagt. „Wow, danke, das freut mich. Ich hoffe, dass dein Kumpel dich nicht mehr anruft und wenn du doch wieder los musst, dann komme ich einfach mit. Ich lasse dich nicht mehr so gehen." Marc grinste mich an und sagte:"Das freut mich aber, ich will auch nicht mehr von dir weggehen." Wir küssten uns und drückten unsere Körper ganz nah aneinander. „Ich habe eine kleine Überraschung für dich. Du kannst dich kurz im Bad fertig machen und ich laufe schnell ins Auto und bringe alles her." Ich ließ mir das nicht zwei mal sagen und lief schnell ins Badezimmer. „Ich liebe Überraschungen," sagte ich zu Marc im Vorbeigehen. Marc zog sich an und ging heraus. Ich schlüpfte schnell unter die Dusche und wusch mich nur unten rum. Danach putzte ich mir die Zähne und ging aus dem Badzimmer raus.

Auf dem Tisch stand schon Kaffee und frische Wecken bereit und daneben standen rote Rosen in der Vase. Marc saß am Tisch und lächelte mich an. Ich ging zu Marc, setzte mich auf sein Schoß und legte meine Hände um sein Nacken. Er legte seine Hände auf meine Hüften. „Das ist so schön Marc, Dankeschön." Wir küssten uns. „Du machst mich so glücklich Marc." „Du mich auch Carla. So eine wie dich habe ich noch nie kennen gelernt. Du gehörst mir. Dich gebe ich keinem mehr her." Seine Worte gingen runter wie Butter. „So etwas schönes hat noch keiner zu mir gesagt. Ich liebe dich." Wir küssten uns wieder. „So, jetzt habe ich aber Hunger." Ich setzte mich neben Marc auf den Stuhl und wir fingen an zu essen. „Es tut mir echt leid wegen gestern, aber es wurde spät und ich wollte dich nicht wecken. Aber ich habe jede Sekunde an dich gedacht. Heute morgen bin ich zur Arbeit gegangen und konnte mich auf gar nichts konzentrieren. Ich musste andauernd an dich denken." Bei diesen Worten flogen Schmetterlinge in meinem Bauch und ich musste immer wieder grinsen. Ich muss auch dauernd an ihn denken und mein Lächeln geht nicht mehr von meinem Gesicht runter.

„Dann dachte ich, ich habe noch so viele Urlaubstage. Ich habe schon lange keinen Urlaub mehr genommen und ich will lieber die Zeit mit dir verbringen. Früher hatte ich kein Bedürfnis mir Urlaub zu nehmen, meine Arbeit hat mich total erfüllt. Seit dem ich dich kenne, habe ich gar keine Lust auf arbeiten. Ich will nur bei dir sein. Daher habe ich mir die nächsten zwei Wochen frei genommen. Hast du irgendein Wunsch was wir unternehmen sollen?" Ich habe mich riesig gefreut. Ich sagte:"Das freut mich total. Ich will auch nur bei dir sein. Ich weiß gar nicht wie ich nach meinem Urlaub wieder arbeiten gehen soll. Aber egal, das gucken wir dann wenn es so weit ist. Erst mal genießen wir unser Urlaub." „Genau," sagte Marc. „Hmm, so einen Wunsch oder eine Idee habe ich gar nicht. Ich bin für alles offen, Hauptsache mit dir," antwortete ich noch auf seine Frage. Marc duckte sich zu mir und gab mir eine Kuss. „Okay, dann schlage ich vor, dass du dich fertig machst, paar Sachen einpackst und wir dann zu mir fahren. Einen Bikini nicht vergessen. Ich habe einen Pool. Wir können heute am Pool die Zeit verbringen." „Was, du hast einen Pool?! Und das sagst du mir erst jetzt. Ich liebe Pool. Ich gehe schnell packen." Marc musst laut lachen. „Ich liebe dich Carla." „Ich dich auch mein Baby." Marc räumte alles vom Tisch auf. Ich packte meinen Koffer.

Ich habe so viel mitgenommen, wie für einen Urlaub. „Marc, darf ich bei dir meine Kleidung waschen?" „Na klar." Ich nahm auch den Koffer mit der dreckigen Wäsche vom Wochenende mit. „So, ich bin bereit." Marc nahm einen Koffer und ich den anderen und wir liefen Händchenhaltend zu seinem Auto. Wir fuhren nur eine halbe Stunde zu Marcs Haus.

Im Auto erzählte er mir, dass er noch einen älteren Bruder hat, der Matthias heißt. Er hatte eine langjährige Beziehung hinter sich. Jetzt ist er auf der Suche. Seine Freundin hat Schluss gemacht, da er schon eine Familie gründen wollte und sie sich noch zu jung dafür gefühlt hat. Sie wollte noch etwas erleben und frei sein. Am Mittwoch lerne ich seine Familie kennen, da wir zum Mittagessen eingeladen sind. Ich bin schon etwas aufgeregt und gleichzeitig freue ich mich drauf.

Ich musste echt staunen über Marcs Wohnung. Die ist echt riesig. Er hat 3 Zimmer und eine große Küche. Er räumt nicht selber auf, dafür hat er keine Zeit, wie er sagt. Er hat eine Haushaltshelferin, die einmal in der Woche kommt und alles sauber macht. Aber die Wohnung ist richtig modern eingerichtet, wie in einem Katalog. Im Garten und im Keller gibt es einen Gemeinschaftspool. Aber den benutzt kaum jemand. „Du hast echt eine schöne Wohnung. Hier könnte ich mich wohl fühlen."

„Das freut mich." Wir gingen ins Schlafzimmer, wo ein XXL Kleiderschrank und ein großes Bett standen. Marc öffnete eine Seite des Schrankes und die war leer. „Hier kannst du deine Kleidung rein hängen. Die Seite habe ich leer gelassen extra für meine Freundin. Du bist die erste und die Einzige die ihre Kleider hier rein hängen darf." „Ist das süß" Ich gab Marc einen Kuss. Ich schaute auf die anderen Schranktüren und war neugierig wie es da aussah. Wie Marc seine Kleidung aufbewahrt. Ich ging zu den Schranktüren und machte sie der Reihe nach auf. „Es gibt's doch nicht, wie schön und ordentlich hier alles hängt und liegt." „Danke, ja. Eigentlich mag ich das ja gar nicht, das ganze Aufräumen, aber ich liebe es aufgeräumt zu haben. Daher nehme ich mir am Anfang immer die Zeit und mache es einmal ordentlich und gucke, dass es ordentlich bleibt. Aber wenn wir mal zusammen wohnen werden, dann darfst du das übernehmen." Dabei grinste er mich an. „Das besprechen wir noch mal, wenn wir zusammen wohnen." „Ich kann es schon kaum abwarten." Zwinkerte mir Marc zu und gab mir einen Kuss. „Gehen wir in den Pool? Mir wird es hier mit dir schon ganz heiß," sagte ich zu Marc. „Echt, uuuh, mir wird's jetzt auch heiß. Vielleicht löschen wir die Hitze irgendwie anders?" Wir küssten uns. „Ich würde lieber erst in den Pool und dort das ganze fortführen." „Oh wow, die Idee ist noch besser. Zieh deinen hübschen Bikini an und dann gehen wir los." Ich hatte zwei verschiedene Bikinis mit. Heute hatte ich Lust auf einen weißen mit pinken Blumen. Marc zog seine Badehose an. Er kam zu mir. Legte seine Hände auf meinen Po und sagte:" Du bist so heiß, ich weiß nicht ob ich bis zum Pool schaffe ohne zu überhitzen." Ich lächelte ihn an, nahm Marc an seiner Hand und wir gingen zum Pool. Das Wasser war richtig angenehm am Körper. Außer uns war keiner da. Ich umschlang Marcs Hals und klammerte mich mit meinen Beinen an seinen Hüften. Marc hob mich an meinem Po. Wir waren bis zur Brust im Wasser. Wir küssten uns und bewegten uns leicht im Wasser. Marc drückte mich leicht an den Beckenrand und ich spürte seinen steifen Penis. In dem Moment wollte ich ihn, aber im Wasser wollte ich es nicht ausprobieren. Ich legte meinen Kopf auf seine Schulter und wir bewegten uns im Wasser. Dann küssten wir uns wieder und ich schaute Marc an und sagte:"Es ist so schön mit dir. Ich liebe es im Wasser zu entspannen. Ich mache auch sehr gerne Urlaub am Meer und du?" „Ich liebe auch das Meer. Ich liebe es zu schwimmen. Das mache ich hier immer wieder um in Form zu bleiben." Das merke ich. Dein Körper ist echt heiß. Ich liebe es." „Carla deiner auch. Ich kriege von ihm nicht genug." „Sollen wir paar Bahnen schwimmen?" Fragte ich Marc. „Klar." Wir schwammen los. Ich merkte, dass Marc im Schwimmen fiter ist als ich. Er schwamm zwar immer neben mir, aber es fiel ihm ganz leicht, im vergleich zu mir. Ich kam etwas aus der Puste. Marc griff nach mir und zog mich zu sich. Wir umklammerten uns und küssten uns. Marc flüsterte mir ins Ohr:"Ich will dich Carla. Sollen wir hoch gehen?" Ich nickte und grinste ihn an. Als wir ausstiegen, merkten wir, dass wir vergessen haben Handtücher mit zu nehmen, also liefen wir ganz schnell, ganz nass hoch. Marc zog mein nasses Bikini aus und warf es im Flur auf den Boden und danach seine Badehose. Er nahm mich hoch und brachte mich in sein Bett. Sein Bett war richtig angenehm und weich. Aus diesem Bett will man gar nicht mehr raus. Wir haben uns geküsst und geliebt und das in verschiedenen Stellungen. Mal war ich oben, dann war Marc oben, dann von hinten und am Schluss im Stehen. Das hat so viel Spaß gemacht und war richtig befriedigend. Wir waren so scharf aufeinander durch das ganze geknutsche und Körperkontakt im Wasser.

Nach dem Marc seinen Orgasmus hatte rannte er schnell aufs Klo und wischte alles weg. Er kam nämlich nicht in mir, sondern fing alles mit der Hand auf. Ich blieb im Bett liegen. Es war so kuschelig. Marc kam zu mir, schob die

Decke zur Seite und fing an meine Vagina zu küssen. Es hat nicht lange gedauert da bekam ich schon meinen Orgasmus. Es war einfach unglaublich und befriedigend. Marc kam zu mir hoch und wir umarmten uns. „Danke, das war so schön. Ich liebe dich Marc." „Danke dir, du bist so wunderschön." Marc küsste meine Stirn, stand dann auf, reichte mir seine Hand und wir gingen eng umschlungen ins Badezimmer unter die Dusche. Das Wasser tat so gut und entspannte den ganzen Körper. Als wir mit dem Duschen und dem Abtrocknen fertig waren, rannten wir schnell in Marcs Bett und kuschelten uns ein. „Das ist mein bester Urlaub," sagte ich zu Marc. „Und der fängt erst gerade an," sagte Marc „Oh ja. Nach so einem Urlaub will man gar nicht mehr arbeiten gehen." „Das stimmt. Aber irgendwannmal werde ich dich nerven und dann brauchst du Abwechslung." Nach diesen Worten war ich etwas irritiert. „Hä, wieso nerven? Es macht alles so Spaß mit dir." „Man weiß es nie. Viele Pärchen erzählen ja, dass am Anfang alles wunderschön ist und irgendwannmal regt die Frau sich auf, dass der Mann die Zahnpastatube offen gelassen hat oder seine Wäsche überall liegen hat." „So ein Pärchen werden wir nicht. Wenn ich deine Ordnung hier anschaue wird es wahrscheinlich anders herum sein, du wirst dich über meine Unordnung

aufregen," sagte ich zu Marc. Wir lachten. „Marc, ich habe riesen Hunger." „Ich auch. Auf was hast du Lust?" „Ich hätte Lust auf chinesisches Essen. Gebratene Nudeln mit Ente." „Das ist eine super Idee. Ich bestelle direkt." Marc bestellte zwei mal gebratene Nudeln mit Ente. Wir mussten halbe Stunde warten. So lange brachte Marc uns etwas zu trinken und ein paar Erdbeeren, die er noch im Kühlschrank übrig hatte. Marc gab mir eine Erdbeere zum Abbeißen. Ich biss sie extra verführerisch ab. Marc guckte mich ganz gespannt an und küsste mich dann ganz fest. Dabei habe ich mich fast an der Erdbeere verschluckt. Ich musste husten und Marc schlug mir paar Mal ganz leicht auf den Rücken. Wir mussten dadurch lachen. Marc machte den Fernseher an, der vor dem Bett hing. Im Ferneseher lief ein Disney Film. Plötzlich klingelte es an der Tür. Unser Essen ist gekommen. Marc war ganz nackig. Er sprang schnell zum Schrank und holte eine Sporthose raus und zog sie ganz schnell, hüpfend zur Tür an. Marc nahm aus der Kommode seinen Geldbeutel, zahlte unser Essen und ging in die Küche. Er sah richtig heiß in der Sporthose aus. Er hat einen Traumkörper.
Marc kam mit unserem Essen und zwei Gabeln ins Schlafzimmer und reichte es mir. „Macht es

nichts, wenn wir kleckern, sollen wir nicht lieber am Tisch essen?" „Mit dir ist es so gemütlich hier im Bett. Ich möchte gar nicht raus. Darum müssen wir beim Essen aufpassen." „Okay." Lächelte ich Marc an. Das Essen war einfach köstlich. Als ich aufgegessen habe, sagte ich zu Marc:"Jetzt habe ich so richtig Lust auf etwas süßes, irgendwelche Törtchen." „Echt, da kenne ich ein super Café mit Donuts, Muffins, Törtchen. Ich bestelle da mal eine Packung verschiedener Gebäcke zum Liefern." „Kann man so etwas auch liefern lassen? Das ist ja mal cool. Hätte ich das Gewusst. Oder zum Glück wusste ich es nicht. Da wäre ich nicht mehr so schlank." „Das wäre nicht so schlimm, das hätte bei dir trotzdem wunderschön ausgesehen." Ich gab Marc einen Kuss. Marc bestellte das Gebäck.

Wir verbrachten zwei Tage bei Marc im Bett, mit Liebe machen, essen und Filme gucken.

Ich wollte nicht, dass es endet. Es war so schön. Ich hätte gerne, dass es jeden Tag so ist und das wir für immer zusammen bleiben. Es war einfach schön neben Marc. Ich fühle mich wie zu Hause. Einfach angekommen.

Plötzlich klingelte mein Handy und riss mich aus dem Schlaf raus. Es war Rebecca. Ich nahm mein Handy und ging ganz schnell aus dem Schlafzimmer ins Wohnzimmer raus, damit ich Marc nicht wecke. Ich setzte mich auf das

Sofa, kuschelte mich in eine Decke ein und nahm dann ab. „Guten Morgen Rebecca." „Hi, süße. Hab ich dich etwa geweckt? Wir haben eigentlich schon mittag." „Ja, oh echt. Wir sind spät eingeschlafen." Rebecca sagte dann:„Ah, verstehe. Ich freue mich für dich." Bei diesen Worten musste ich lächeln. „Ich war gerade bei dir zu Hause, aber du bist nicht da, darum..." Ich fragte ganz irritiert:„Wie zu Hause, bist du schon zurück? Wolltest du nicht später kommen? Oder ist etwas passiert?" „Es ist wirklich etwas passiert, aber etwas schönes. Ich wollte es dir persönlich erzählen, aber ich kann nicht noch länger warten. Wir heiraten. Moritz hat mir einen Heiratsantrag gemacht und ich habe natürlich ja gesagt. Und ich möchte, dass du meine Trauzeugin bist. Und ich würde mich so gerne mit dir gleich treffen um meinen Junggesellenabschied vorzubereiten." Man hörte wie aufgeregt und gleichzeit glücklich Rebecca ist. Sie sagte das alles sehr schnell, dass ich erst mal Zeit brauchte um alles zu verstehen. „Rebecca, das freut mich echt. Klar, ich bin gerne deine Trauzeugin. Ich kann erst in einer Stunde. Können wir uns in einem Café treffen, ich habe nämlich Hunger." „Klar, schick mir mal deinen Standort und ich gucke was für Cafés es in deiner Nähe gibt, dann komme ich rüber und wir treffen uns dort." „Okay Rebecca, ich gehe jetzt schnell mich fertig zu machen. Ich

freue mich auf dich." „Ich mich auch."
„Auf wen freust du dich?" Ich erschrak. Ich guckte hoch und da stand Marc in der Tür, guckte mich an und sagte:"Ich bin aufgewacht und habe mich im Bett richtig einsam ohne dich gefühlt. Komm zu mir zurück ins Bett." Marc streckte seine Arme mir entgegen. Ich stand auf und ging zu ihm hin. Wir umarmten uns und unsere warmen Körper fühlten sich so gut zusammen an.
„Marc, meine Freundin Rebecca hat mich angerufen und hat mich gefragt ob ich ihre Trauzeugin werden möchte, sie heiratet nämlich." „Das ist doch schön." „Ja, ich freue mich auch schon. Aber jetzt habe ich eine verpflichtende Aufgabe und muss mich jetzt schnell umziehen und mich mit Rebecca treffen und ihr Junggesellenabschied planen." Marc drückte mich fester an sich und sagte:"Aber komm so schnell wie möglich zu mir zurück. Ich werde auf dich warten." Plötzlich klingelte mein Handy wieder. Es war wieder Rebecca. Ich nahm ab:"Ja?" „Carla wo ist dein Standort?" „Oh Mist. Sorry, schicke ich gleich." Ich legte auf und schickte Rebecca sofort meinen Standort. „Kommt sie hier her?" fragte Marc mich. „Nein, nein. Sie guckt jetzt nach einem guten Café in der Nähe und dann treffen wir uns dort." Ich gab Marc einen Kuss:"Schatzi ich muss."

Ich ging zum Schrank und holte eine Shorts und ein weißes T-Shirt mit Snikerschuhen heraus. Während ich mich anzog, klingelte mein Handy. Es war eine Nachricht von Rebecca. Sie schickte mir eine Adresse von einem Café mit Pfannkuchen und Waffeln. Es war zwanzig Minuten von Marcs Wohnung entfernt. Ich gab Marc einen Kuss. Er umarmte mich und wollte mich gar nicht gehen lassen. „Ich muss Marc." „Aber beeil dich bitte, sonst muss ich dich da herausholen, wenn ich ohne dich nicht aushalte." Ich musste dabei lachen, küsste ihn auf die Wange und ging zur Tür.

Als ich im Auto saß und zu Rebecca fuhr, habe ich mich so leicht und glücklich gefühlt. Ich tanzte ganz leicht zu den Liedern, die im Radio liefen. Es war einfach alles so perfekt. Ich freute mich auf Rebecca.

Als ich mein Auto am Café parkte rannte Rebecca zu mir her. Ich stieg aus dem Auto aus und sie umarmte mich ganz fest. „Carla, ich habe dich total vermisst. Unsere Gespräche habe ich total vermisst." „Ich auch. Ich habe dir so viel zu erzählen. Aber als erstes planen wir dein Junggesellenabschied. Ich freue mich so für dich." Dabei kreischten wir laut. Wir schauten uns um, zum Glück hat uns keiner gesehen und gehört. Dadurch mussten wir voll lachen. Ich hackte mich bei Rebecca unter dem Arm ein und wir gingen ins Café.

Wir nahmen am Fenster Platz und guckten uns die Karte an. Ich bestellte einen Kaffee und eine Waffel mit Erdbeeren und Sahne. Rebecca bestellte sich eine Waffel mit Apfelmuss und Kakao.

Ich schrieb schnell eine Nachricht an Marc, dass ich gut angekommen bin und legte mein Handy in meine Tasche rein.

„Erzähl mal wie er dir den Antrag gemacht hat?" forderte ich Rebecca auf. „Okay," dabei grinste sie, „es war nichts großes, aber trotzdem schön. Wir lagen im Hotel am Pool in unserer Muschel und genossen mit einem Glas Sekt den Sonnenuntergang. Plötzlich stieg er auf mich drauf und wir fingen an zu knutschen. Gleichzeitig merkte ich, dass er mit der rechten Hand irgendwie irgendwo rum wuselt. Aber ich lies mich nicht ablenken. Er erhob sich und streckte mir plötzlich das Kästchen mit dem Ring entgegen und sagte, du bist so schön und heiß. Willst du meine Frau werden? Ich umklammerte mich direkt um sein Hals und sagte paar mal Ja. Wir küssten uns und er zog mir den Ring auf den linken Ringfinger an." Rebecca streckte mir ihren Ring entgegen und ich betrachtete ihn. Es war nicht mein Geschmack, sah sehr teuer aus. Er war in Weißgold und mit einem großen runden Diamanten. Ich sagte nur:"Wow!" „Wann habt ihr vor zu heiraten?" „Genau, wegen dem wollte ich mit dir auch sprechen. Also ich möchte ja, dass du meine Trauzeugin bist. Ich wünsche mir, dass du mir überall hilfst, mit Kleidanprobe, Essen aussuchen, Junggesellenabschied feiern und alles was dazu gehört. Also." Rebecca holte eine große Mappe aus ihrer Tasche heraus und holte die ganzen Bilder und Notizen raus. „Ich habe mir schon ein paar Sachen angeschaut und möchte noch wissen, was du davon hältst. Hier ist die Location, wo ich die Hochzeit feiern möchte. Am besten wäre es die Trauung im Freien durch zu führen aber wenn es regnet können wir immer noch im Schloss drin feiern." Rebecca zeigte mir ein Foto von einem Schloss, der schöner nicht sein könnte. „Das ist bestimmt voll teuer in so einem Schloss zu heiraten?", fragte ich Rebecca. „Preis interessiert uns nicht. Die Hauptsache ist, dass es uns gefällt. So hat mein Verlobter es zu mir gesagt. Oh Gott Carla, kannst du dir vorstellen, dass ich bald verheiratet sein werde. Ich kann es irgendwie gar nicht glauben." „Ja, ich kann es selber kaum glauben. Aber ich freue mich richtig für dich. Aber trotzdem habe ich die Frage, wie du so schnell deine Meinung geändert hast? Du wolltest doch gar nicht heiraten. Du wolltest doch dein Singledasein geniesen." Rebecca schaute mich an und sagte:"Ja, das stimmt. Aber er hat mich überzeugt und ich bin gerne mit ihm zusammen. Wie findest du den Schloss?" „Das Schloss sieht einfach wunderschön aus. Wenn es klappt dadrin zu heiraten, dann direkt zu sagen. Wann ist den jetzt die Hochzeit?" „Wir haben am 10 September einen Termin bekommen." „Was, ihr habt schon ein Termin? Super. Ihr wollt es aber echt schnell machen." Ich war ganz überrascht und erkannte meine Freundin gar nicht wieder. Aber trotzdem freute ich mich für sie, dass sie ihr Glück gefunden hat. „Also, dann sage ich meinem Moritz, dass wir im Schloss heiraten. Das schöne daran ist, dass wir uns dann um nichts kümmern müssen. Das Personal aus dem Schloss kümmert sich um alles. Ich muss ihnen nur sagen in welcher Farbe ich es dekoriert haben möchte und was wir gerne essen und den Rest machen die selber. Das finde ich echt praktisch. Aber ein Kleid aussuchen, das sollten wir zusammen anschauen. Übernächstes Wochenende. Ich möchte nach Berlin fahren und dort in einer sehr bekannten Boutique nach meinem Traumkleid suchen." „Berlin? Da müssen wir dann übernachten." „Ja, wir fahren Freitag Abend hin und Sonntag morgen fahren wieder zurück. Natürlich kostet es für dich nichts. Du bist überall eingeladen. Dann verbringen wir wieder Zeit miteinander." Bei dem Gedanken, zwei Nächte nicht mit Mark zu verbringen, tat mir in der Seele weh. Bis jetzt waren wir immer zusammen. Aber da es meine Freundin ist muss ich aufjedenfall mit. „Also übernächstes Wochenende dann?". Rebecca trank ihr Kakao und nickte mir zu. „Ich schicke dir dann die Uhrzeit und den Treffpunkt per SMS. Jetzt erzähl du mir mal über deinen Marc. Wie sieht er aus? Wann darf ich ihn kennen lernen?" Nach Rebeccas Worten fing ich an an Marc zu denken und mein Herz machte Sprünge, meine Backen glühten und ich vermisste ihn einfach. „Oh Rebecca, du glaubst nicht wie toll er ist. Ich habe mich vom ersten Augenblick in beide Ohren in ihn verliebt. Ich liebe alles an ihm. Er macht mich einfach heiß. In seiner Nähe fühle ich mich sexy und wunderschön. Wir können über alles miteinander reden. Bei uns kommt keine Langeweile auf." In mir zog sich alles zusammen und ich spürte wie viel Lust ich auf ihn hatte. Ich wollte von ihm auf der Stelle befriedigt werden. Ich spannte meine Schamlippen zusammen um der Lust entgegen zu kommen und nicht verrückt zu werden. Plötzlich berührte mich jemand von hinten an der Schulter und küsste mich auf den Kopf. Ich erschrak und drehte mich plötzlich nach hinten um. Da stand Marc. Ich konnte es nicht glauben, dass er kommt um mich zu holen. Ich finde es echt süß, dass er mich auch so vermisst wie ich ihn. „Marc, was machst du hier?" „Hm, ich möchte deine Freundin kennen lernen. Ich will alles und alle von dir kennen lernen." Rebecca erhob sich und streckte ihm ihre Hand entgegen. Man sah ihr an, dass sie Marc echt heiß fand. Aber es ist meiner. Für immer und ewig.

„Ich bin Rebecca. Setz dich zu uns hin. Wir haben gerade über dich gesprochen. Carla erzählte mir wie heiß du bist und sie hat nicht übertrieben."

„Echt, das hast du über mich erzählt?" sah Marc mich mit einem breiten Grinsen an. Marc setzte sich an den Stuhl neben mir und legte seine Hand auf mein Oberschenkel. „Na klar. Es ist ja meine beste Freundin und wir erzählen uns alles." Nach diesen Worten küssten wir uns. Wir mussten uns nur anschauen, schon zogen wir uns an wie zwei Magneten.

„Oh ja, ich sehe schon. Ihr habt euch gesucht und gefunden. Das freut mich so sehr für Carla." Sagte Rebecca und plötzlich klingelt ihr Handy. Rebecca sah auf ihr Handy und sagte voller Freude:"Mein Moritz ruft an." Sie nahm ab und ging etwas von uns weg.

Marc nahm meine Hand, zog mich auf sich und setzte mich auf sein Schoß. Ich legte meine Hände um sein Hals. Wir küssten uns. Plötzlich kam Rebecca wieder und ich schaute ganz verwirrt zu ihr. Für einen Augenblick habe ich ganz vergessen, dass sie auch da ist. Ich habe mich schon so daran gewöhnt nur mit Marc zu sein. „Oh meine Turteltauben. Ihr seht so schön miteinander aus. Mein Moritz holt mich gleich ab und wir fahren schick essen. Ich wünsche euch noch einen schönen Tag." Rebecca umarmte mich, gab Marc die Hand und ging zur Kasse um unser Essen zu bezahlen. Sie winkte uns zum Abschied und ich rief ein Danke hinterher

Marc küsste mich wieder und drückte seine Hüfte gegen meinen Po. Ich spürte eine Wölbung. Marc flüsterte mir zwischen den Küssen:"Ich habe dich so vermisst. Lass uns schnell nach Hause fahren und uns im Bett verkriechen." Ich musste grinsen und nickte ihm zustimmend. Er gab mir einen Kuss auf die Backe und sagte:"Dann mal los." Ich stand von seinem Schoß auf und sah die Wölbung in seiner Hose. Der Anblick machte mich sehr an. Am Liebsten hätte ich ihn berührt. Traute mich aber nicht in der Öffentlichkeit. Marc stand auf und zog mich an sich. Ich war mit dem Rücken zu ihm. Er umarmte mich am Bauch und sagte:"Ich möchte nicht, dass jeder meinen Ständer sieht. Er gehört nämlich dir. So schnell geht er nicht weg. Wir müssen jetzt so zum Auto laufen." Ich musste dadurch lachen und es machte mich glücklich. Seine Nähe tat richtig gut und ich genoss es. Ich legte meine Hände auf seine und wir gingen zu seinem Auto. Marc küsste immer wieder mein Hals und seine

Wölbung drückte mir gegen mein Po. Das machte mich an und ich wurde feucht. Es hat sich alles einfach so schön angefühlt.

Wir küssten uns und Marc setzte sich in sein Auto. „Komm wir fahren schnell nach Hause. Ich kann es nicht abwarten dich in allen Stellungen durchzunehmen." Ich grinste. „Ich fahre dir hinterher." Ich lief schnell zum Auto und wir fuhren los. Im Auto liefen schöne Lieder und ich tanzte und sang mit.

Als wir bei Marc zu Hause ankamen fielen wir übereinander her und fingen schon im Flur uns gegenseitig auszuziehen und wild zu knutschen.

Marc legte mich im Wohnzimmer auf den weichen weißen Hochflorteppich und drang lustvoll in mich ein. Hier hatten wir noch nie miteinander geschlafen. Es fühlte sich angenehm an. „Oh Carla, du bist so heiß," flüsterte Marc. Ich stöhnte, Marc stöhnte vor Lust. Es war einfach perfekt. Wir waren im gleichen Rhythmus. Marc stoß immer fester ein und ich stöhnte dadurch immer lauter. Aber es fühlte sich einfach sehr erregend an. „Marc, du bist meiner. Ich liebe dich über alles" „Carla, ich liebe dich über alles. Du bist mein Leben." Marc wurde immer schneller und plötzlich zog er sich aus mir raus, hielt sein Penis fest und bekam seinen Orgasmus. Er nahm vom Couchtisch paar Taschentücher und wischte sich alles weg. Ich lag noch immer auf dem Teppich und beobachtete ihn. Ich fand alles an ihm perfekt und sehr interessant wie er alles wegwischte und immer wieder zu mir rüber schaute und mich anlächelte. Ich lächelte immer zurück. Ich bin richtig glücklich mit ihm. Marc legte die Taschentücher auf den Boden und kam zu mir rüber. Als erstes schaute er mir in die Augen und ich sah die Liebe, die er für mich empfand. Ich hoffte, dass er das Gleiche in meinen Augen sieht. Er massierte meine Brust und wir knutschten wild miteinander. Plötzlich wanderte er mit seinen Lippen auf meinen Hals, Brust, Bauch und landete auf meiner Klitoris. Durch seine Küsse war ich die ganze Zeit kurz vorm Orgasmus. Marc hat es wahrscheinlich gemerkt und wechselte immer wieder die Position. Aber er hat nicht lange gebraucht, da bekam ich schon meinen Orgasmus. Es war einfach himmlisch. Marc nahm mich an der Hand und zog mich hoch zu sich. Wir gingen duschen. Nach dem Duschen nahm er mich auf den Arm und brachte mich aufs Bett. Es war richtig kuschelig. Wir lagen und schauten uns gegenseitig einfach nur an. Es war richtig schön. Ich wünschte die Zeit würde stehen bleiben und wir es einfach genießen. „Ich möchte am Montag nicht arbeiten. Ich möchte hier mit dir im Bett bleiben. Für immer und ewig." sagte ich zu Marc. Er drückte mich fest an sich und sagte:"Ich verstehe dich, ich möchte auch mit dir jede Sekunde verbringen. Was habt ihr eigentlich mit Rebecca besprochen. Wann ist die Hochzeit?" „A ja, also die Hochzeit ist im September. Aber was mir nicht so gefällt, dass wir nach Berlin fahren, also ich mit ihr, um ihr ein Hochzeitskleid auszusuchen." Marc schaute mich an und fragte:"Wann fährt ihr?" „Übernächstes Wochenende. Und wir bleiben da mit Übernachtung." „Okay, ich komme einfach mit. Ich lasse dich da nicht alleine schlafen. Ich will nicht mehr ohne dich einschlafen." Von diesen Worten sprang mein Herz in die Lüfte. Ich drückte Marc an mich und küsste ihn. „Das würde mich sehr freuen, wenn du mit kommst. Ich habe schon gedacht wie ich ohne dich das Wochenende überleben soll. Ich glaube ich kann nicht mehr ohne dich. Ich weiß gar nicht wie ich die Zeit auf der Arbeit überstehen soll." „Das schaffen wir. Ich werde dich in jeder freien Sekunde anrufen und dir schreiben." „Oooo, süß. Und ich werde dir antworten." „Was habt ihr sonst so besprochen. Was müsst ihr noch planen und organisieren. Vielleicht kann ich helfen?" „Ne, sonst müssen wir nichts machen. Die zwei haben eine Location ausgesucht, die alles vorbereitet. Ich muss nur beim Kleid aussuchen helfen." „Das ist gut. Ich will die nächsten Wochenenden und Monate und Jahre mit dir verbringen."

Wir lagen einfach umschlungen im Bett und ich genoss seine Wärme. Marc sagte:"Sollen wir vielleicht ein Film anschauen. Ich möchte heute nämlich nirgends hin." Ich nickte. Marc drehte sich kurz zur Kommode hin und holte die Fernbedienung. Er ging im Programm alle Liebesfilme durch und suchte ein Film aus. Ich war mit seiner Auswahl einverstanden, da es mir egal war was im Fernseher lief, Hauptsache in Marcs Armen liegen.

Am nächsten Morgen war ich etwas aufgeregt. Ich konnte mich nicht richtig konzentrieren. Den es stand das Mittagessen mit Marcs Eltern an. Ich lerne sie kennen und sie mich. Es ist so aufregend. Ich hoffe die mögen mich. Marc merkte, dass ich aufgeregt war und kaum gefrühstückt habe. Er umarmte mich und sagte:"Du brauchst dir gar keine Sorgen zu machen. Meine Eltern werden dich lieben. Sie mögen alle meine Entscheidungen." Marc beruhigte mich einbisschen. Wir küssten uns und das nahm mir etwas an Nervosität. Ich ging zum Schrank und suchte ein schönes geblümtes Kleid aus. Das Kleid ging bis zu den Knien. Dazu nahm ich noch ein Bolero und meine weißen Sandalen mit. Marc zog sich ein weißes T-Shirt und seine langen braunen Shorts. Ich zog mich im Schlafzimmer an. Marc hat in der Zeit seine Frisur im Badezimmer zurecht gemacht. Er war als erster fertig und kam zu mir ins Schlafzimmer. Als er mich sah blieb er sofort stehen und sagte begeistert:"Wow Carla, du siehst ja heiß aus. Ich will dich. Du bist so wunderschön." Er kam auf mich zu, umarmte und küsste mich. Er wanderte langsam zu meinem Hals. Aber ich hielt ihn und sagte:"Stopp Marc. Nicht jetzt. Du machst mein Make-up kaputt." Marc musste grinsen und sagte:"Okay, ich möchte ja auch, dass du meinen Eltern gefällst." Wir lachten und gingen zum Auto.

Während der Fahrt war ich richtig aufgeregt. Mir gingen so viele Fragen und Gedanken durch den Kopf. Marc bemerkte es, nahm meine Hand und sagte:"Entspann dich. Alles wird gut. Meine Eltern sind lieb." Ich lächelte ihn an. Ich fand es so süß wie er mich beruhigte.

Als wir bei seinen Eltern ankamen und zum Haus liefen, öffnete sich schon die Tür und seine Eltern kamen uns entgegen. Seine Mama ist so hübsch. Marc hat eine große Ähnlichkeit mit ihr. Aber sein von seinem Papa hat er auch etwas abbekommen. Er sieht auch voll gut aus. Er hat richtig hübsche Eltern. Da bin ich schon auf den Bruder gespannt. Bei so hübschen Eltern können ja nur hübsche Kinder geboren werden. Die Mama vom Marc, kam direkt auf mich zu und umamte mich. Ich war sehr

überrascht. „Hallo Carla. Du bist so wunderschön. Nenn mich bitte Marta." Ich nickte und da kam auch schon der Papa vom Marc zu mir und gab mir seine Hand:"Ich bin der Johann. Schön dich kennen zu lernen." „Ich freue mich auch sehr Johann und Marta." Marcs Mama sagte dann:"Kommt herein." Marc nahm meine Hand und wir gingen ins Haus rein. Im Haus roch es köstlich nach Gebäck. Wir durften direkt am Tisch Platz nehmen. Auf dem Tisch standen schon viele leckere Gerichte. Ich sagte:"Bei Mamas gibt es immer die leckersten Speisen." Marc stimmte mir zu und sagte:"Das stimmt. Bei Mama zu Hause schmeckt es am besten." Marta lächelte und sagte:"Danke ihr süßen."
Wir aßen und unterhielten uns. Ich entspannte mich auch sehr schnell. Marcs Eltern waren sehr nett und aufmerksam.
Marcs Bruder, Matthias, konnte nicht kommen, da er arbeiten musste.
Wir haben bis späten Abend mit den Eltern Zeit verbracht. Wir tranken noch einen Tee mit dem Gebäck und fuhren zu Marc nach Hause.
„Marc, du hast echt nette Eltern. Es hat echt Spaß gemacht sich mit ihnen zu unterhalten." „Das freut mich, dass es dir gefallen hat. Ich fand es auch sehr angenehm."
Bei Marc zu Hause legten wir uns direkt voll gegessen und glücklich ins Bett und kuschelten

miteinander.

Plötzlich klingelte mein Wecker. Ich musste erst mal richtig wach werden um zu verstehen wo ich mich befinde und was mich am weiter schlafen stört. Ich erhob mich und sah mein Handy auf der Kommode liegen. Auf dem Display leuchtete mein Wecker auf. Ich griff nach meinem Handy und konnte nicht glauben, dass es jetzt 5 Uhr morgens ist und ich zur Arbeit aufstehen muss. Ich ließ mich in mein Kissen fallen und heulte fast. Ich wollte einfach nicht aufstehen. Ich wollte einfach mit Marc weiter meine Zeit verbringen. Marc! Plötzlich merkte ich, dass er nicht mehr neben mir liegt. Ich wollte gerade aufstehen um nach ihm zu sehen, aber da öffnete sich die Tür und Marc kam mit einem Tablett rein mit Frühstück drauf. Er lächelt mich an:"Guten Morgen Schönheit. Gut geschlafen?" „Ja mein Traummann. Ich habe so gut geschlafen, dass ich jetzt nicht mal aufstehen möchte." „Leider müssen wir arbeiten. Ich möchte nicht, dass wir auf der Straße landen und diese Leckereien nicht mehr genießen können. Aber ich werde dich anrufen und schreiben. Ich bringe dich zur Arbeit und hole dich ab. Wie findest du den Vorschlag?" „Oh wow, von so etwas habe ich schon immer geträumt." Wir küssten uns. Marc setzte sich zu mir ins Bett und stellte das Tablett auf die

Kommode. Er reichte mir ein belegtes Wecken und Kaffee. Wir aßen und schauten uns immer wieder an. Ich legte meinen Kopf immer wieder auf seine Schulter und genoss noch die letzten Minuten bevor ich aufstehen musste.

„Gibt es jetzt jeden Morgen so ein Frühstück ins Bett? Ich könnte mich nämlich daran gewöhnen," grinste ich Marc an. „Sehr gerne, aber nur wenn wir uns abwechseln. Ich möchte auch verwöhnt werden." „Einverstanden. So und jetzt muss ich duschen. Kommst du mit?" „Da sage ich nicht nein", antwortete Marc.

Nach dem Duschen zogen wir uns an. Marc zog seinen Anzug mit Hemd an und ich einen Bleistiftrock mit Bluse, Blazer und hohen Pumps. Marc pfiff mir entgegen. „Wow, Carla, siehst du scharf aus. Heute Abend werde ich mich nicht beherrschen." Plötzlich sah ich an seiner Hose eine Wölbung. Mein Aussehen hat ihn wirklich angemacht. Ich ging zu ihm hin und berührte ihn an seiner Wölbung. Er stöhnte laut auf. Wir küssten uns und plötzlich drehte er mich mit dem Rücken zu sich um und sagte:"So, abmarsch ins Auto. Sonst reiße ich dir gleich diese Kleidung vom Leibe." Ich schaute ihn mit einem grinsendem Seitenblick an und sagte:"Uuuuh, sehr gerne." Er schob mich aus der Wohnung raus und schloss die Tür ab. Wir gingen Händchenhaltend zum Auto. Während der Autofahrt lag meine Hand auf seinem Schoß und seine Hand auf meinem Oberschenkel. Ich legte mein Kopf auf seine Schulter und genoss einfach die Zeit. Als wir an meiner Firma ankamen, stieg Marc mit mir aus. Wir umarmten uns und küssten uns. Er hatte nicht weit zu seiner Arbeit von meiner. Das war echt praktisch. „Du sagst dann bescheid um wie viel Uhr ich dich abholen soll. Um diese Uhrzeit höre ich dann auch auf zu arbeiten und hole dich ab. Ich werde dich sehr vermissen. Bin gespannt ob ich heute überhaupt in der Lage bin zu arbeiten mit den Bildern in meinem Kopf." Ich musste lachen. „So geht es mir auch mein Schatz." Wir küssten uns. Marc legte seine Hände an meine Po Backen und drückte mich an sich. Es hat mir sehr gefallen. Danach ging ich in die Firma und vor dem Eingang drehte ich mich um. Marc stand da noch immer an seinem Auto. Ich winkte ihm zu und warf ihm einen Luftkuss zu. Er tat es mir nach und wir lachten uns an. Dann ging ich ins Gebäude rein. Ich atmete tief durch und dachte, dass verliebt sein sich richtig schön anfühlt.

Ich ging in mein Büro. An meinem Tisch lagen schon ein paar Ordner mit Unterlagen die bearbeitet werden mussten. Auf zwei Ordnern klebte ein roter Zettel dran und da stand „wichtig" drauf. Das heißt, dass diese Ordner heute aufjedenfall bearbeitet werden müssen. Ich legte mein Kopf auf den Tisch und stöhnte vor sich hin, als ob ich weinte. Plötzlich ging die Tür auf, ich schreckte hoch und sah meine Arbeitskollegin Anita rein kommen. „Hi Carla, endlich bist du da. Ich habe dich total vermisst. Wie geht es dir? Ich hoffe du hattest einen schönen Urlaub?" „Hi Anita. Mein Urlaub war echt schön und entspannt, danke. Jetzt will ich gar nicht arbeiten und dann auch noch das hier." Ich deutete auf die Ordner mit dem Notiz und sagte weiter:"Wieso direkt am ersten Tag einen „Wichtig Ordner" und dann auch noch zwei dazu?!" „Ah ja, ich habe auch paar solcher Ordner bei mir liegen. Unsere Firma hat irgendein großes Projekt an Land gezogen, daher muss es jetzt so schnell wie möglich bearbeitet werden. Ich muss mich da gleich auch einarbeiten. Also falls was ist, komm einfach rüber und sonst viel Erfolg. Heute mache ich die Mittagspause durch und mache früher Schluss. Ich muss heute zum Zahnarzt zu einer professionellen Zahnreinigung." „Okay, gut Anita. Dir auch viel Erfolg." Anita ging in ihr Büro. Ich nahm die zwei Ordner an mich und fing an zu lesen. Immer wieder merkte ich, dass ich immer den gleichen Satz lese und gar nicht weis um was es da geht. Jedes Mal denke ich an Marc und habe Bilder der letzten Tage vor mir. Ich bin einfach traurig, dass ich gerade nicht bei ihm bin. Plötzlich höre ich mein Handy. Ich hole es aus der Tasche raus und da ist eine Nachricht von Marc. „Liebe Carla, ich bin bei der Arbeit, aber meine Arbeit läuft gar nicht. Ich bin sehr froh, dass ich heute nicht so viel zu tun habe. Ich glaube ich könnte heute nichts produktives entwickeln. Ich hoffe bei dir läuft es besser!? Ich vermisse dich sehr. Dein Duft spüre ich auf mir und muss die ganze Zeit an die letzte Nacht denken. Ich freue mich schon auf heute Abend. Kussi meine Süße." Ich finde die Nachricht so schön. Er hat es sehr schön verfasst. „Mein lieber Marc! Du kannst dir gar nicht vorstellen wie sehr ich dich vermisse. Mein ganzer Körper ruft nach dir. Ich kann nicht mal einen normalen Satz durchlesen. Und dann habe ich so ein Pech und muss heute unbedingt zwei Order bearbeiten. Ich weiß nicht wie es schaffen soll. Ich freue mich wenn es Abend ist. Ich liebe dich mein Traummann!" Ich stand auf und holte mir einen Kaffee. Irgendwie musste ich mich jetzt zusammen reißen und alles schnell bis heute Abend erledigen, damit ich keine Überstunden schieben muss.

Ich nahm ein Schluck und fing an zu lesen. Ich machte im Computer unser Programm auf und arbeitete parallel. Es lief doch besser als ich dachte. Ich war mit dem ersten Ordner fast fertig als plötzlich mein Handy klingelte. Es war 11 Uhr. Marc hat mich angerufen. „Hi Süßer." sagte ich mit extra erotischer Stimme. „Hmm, dann war meine Entscheidung doch richtig dich jetzt anzurufen. Ich wollte nämlich deine Stimme hören und dich fragen ob wir zusammen die Mittagspause verbringen können." Mein Herz hüpfte vor Glück. „Ja, sehr gerne. Ich bin nämlich bis jetzt gut voran gekommen und dadurch kann ich mir eine Mittagspause leisten." „Super, das freut mich. Also hör zu. Es wird eine besondere Mittagspause. Und zwar auf der anderen Straßenseite befindet sich ein Hotel. Da habe ich für uns ein Zimmer mit Mittagessen reserviert auf 12 Uhr. Ich warte auf dich vor dem Hotel. Ist es in Ordnung?" „Oh, wow Marc, wie verführerisch. Ich freue mich schon sehr darauf." „Ich liebe dich Carla und freue mich auf dich." „Ich mich auch." Marc legte auf und ich freute mich riesig. Ich freute mich einfach Marc wieder zu sehen und mit ihm die Mittagspause zu verbringen. Ich legte mein Handy schnell zur Seite und machte den ersten Ordner innerhalb 10 Minuten fertig. Dann fing ich mit dem zweiten Ordner an und da musste ich einfach die Daten alle durchgehen, ergänzen und kontrollieren. Es ist viel einfacher wie der erste Ordner. Ich hoffe einfach, dass ich früher Feierabend machen kann. Dass da nichts neues rein kommt. Kurz vor zwölf schaltete ich alles aus und ging zum Hotel. Ich freute mich sehr auf Marc und war ganz aufgeregt. Der

Gedanke war einfach so schön zu wissen, dass mich jemand auch vermisst und gerne Zeit mit mir verbringt. So etwas hatte ich noch nie. Das ist für mich etwas ganz besonderes.

Am Eingang sah ich schon Marc. Er kam mir entgegen. Wir umarmten und küssten uns. Wir nahmen uns der Hand und gingen direkt zum Aufzug. Marc hat die Schlüssel schon abgeholt. Wir kamen zur Zimmertür Nummer 22. Marc schloss auf und wir gingen rein. Marc schloss von innen ab und drückte mich plötzlich an die Tür und küsste mich. Seine Hände wanderten direkt unter meine Bluse. Er schloss mit einer Hand meinen BH auf und danach den Reisverschluss meines Rocks. Mein Rock fiel runter und ich stand plötzlich in einem Höschen vor Marc. Marc drückte seine Hüfte gegen meine und ich spürte wie hart sein Penis war. „Ich will dich so sehr. Ich kriege von dir nicht genug."

Marc zog mich zu sich und wir gingen langsam, knutschend zum Bett. Er legte mich aufs Bett und zog sich aus. Er streifte meine Bluse samt BH runter, küsste meine Brust und massierte mit einer Hand meine Vagina. Ich stöhnte immer wieder auf. „Marc ich will dich! Ich will dich in mir!" Bekam ich nur heraus. Marc streifte mein Höschen runter und drang sofort in mich ein. Es war so erregend und gleichzeit befreiend. Diese Lust und Sensucht die sich vom ganzen Tag angesammelt hat war aufeinmal weg. Marc machte es schnell und hart. Das war mit jedem Stoß so befreiend. Ich spürte wie ich mit jedem Stoß nur feuchter wurde. Ich streichelte währenddessen seine Muskulösen Schulter, die ich so liebe. Plötzlich kam Marc in mir. Ich war ganz irritiert als ich merkte, dass er ein Kondom an hatte. Ich habe gar nicht mitbekommen wir er es angezogen hat. Aber ich fand es gut, dass er das gemacht hat. Wir hatten nicht so viel Zeit. Marc legte sein Kopf auf meine Brust und atmete schwer. Ich streichelte seinen Rücken. „Carla ich liebe dich!" „Ich dich auch Marc." „So Carla, jetzt müssen wir leider weiter. Also wir waschen uns jetzt schnell unten rum und danach gibt es leckeres Mittagessen und danach müssen wir leider weiter arbeiten." Wir liefen schnell unter die Dusche und zogen uns wieder an. Beim anziehen meiner Höschen merkte ich, dass die richtig nass waren. Ich wollte Marc so sehr, dass ich richtig feucht wurde. Marc bemerkte meine Reaktion und sagte:"„Oh warte. Die sind glaube ich nass. Ich habe was für dich." Marc griff in seine Jackettinnentasche rein und holte frische graue Höschen. „Das sind doch meine oder hast du die gleichen für mich gekauft?" „Nein, dafür hatte ich leider keine Zeit. Das sind deine. Ich habe sie heute morgen gesehen und dachte ich nehme sie mal mit für den Fall der

Fälle. Und hier ist so ein Fall." Ich musste lachen. „Du bist echt verrückt. Das liebe ich so an dir." Ich nahm mein Höschen aus seiner Hand und gab Marc einen Kuss. Wir zogen uns an und gingen zum Bett. Da stand ein Servierwagen mit unserem Essen. Es sah alles so lecker aus. Ich schaute auf die Uhr. „Wir haben noch 20 Minuten, also ran ans Essen." Wir nahmen unsere Teller und Besteck und setzten uns an den Tisch, der am Fenster stand. Es war so schön und entspannt mit Marc hier zu essen. Das Essen war köstlich und wir waren zusammen und haben diesen Augenblick genossen. Marc schaute mich an und lächelte mich an. Ich erwiderte sein Lächeln. Ich war einfach glücklich in dem Moment. „Du bist so schön Carla. Ich reserviere das Zimmer für die nächsten Wochen und wir treffen uns dann jede Mittagspause hier." „Was?" Ich musste lachen. Einerseits klingt es echt verlockend, andererseits ist es echt teuer. „Oh ne, noch besser. Ich suche hier in der Nähe eine Wohnung und wir kaufen die oder mieten die und richten sie uns für die Mittagspause schön ein." Marc grinste mit breitem Lächeln und seine Augen funkelten. „Die Idee ist schon verlockend, aber wird es nicht auf Dauer zu teuer und für dich zu stressig immer her zu fahren? Ich muss hier nur über die Straße gehen und du fährst dann 10-15 Minuten."

„Wenn ich dich sehen darf und dich kriege, dann ist es mir wert. Nur so kann ich wieder aktiv arbeiten. Na, was hellst du davon. Oder besser noch. Morgen treffen wir uns wieder hier um die gleiche Uhrzeit. Wenn ein Angebot mit einer Wohnung rein kommt, dann schnappen wir den uns." „Du bist echt verrückt Marc." Ich musste lachen und Marc streckte sich über den Tisch und gab mir einen Kuss.

Als ich wieder an meinem Computer saß musste ich die ganze Zeit an Marc denken und was gerade passiert war. Es ging so schnell alles, dass ich kaum glauben konnte, dass es wirklich passiert ist. Ich musste immer wieder vor mich hin lächeln. Ich merkte, dass ich mich wieder nicht konzentrierte. Also stand ich auf und holte mir ein Glas Mineralwasser. Durch das spritzige Wasser wurde ich wieder aus meinen Träumen geweckt.

Für den zweiten Ordner habe ich nicht so lange gebraucht. Als ich fertig war musste ich die Ordner einer anderen Arbeitskollegin abgeben. Als ich zu ihr ging ist mir eingefallen, dass ich an meinem Fach noch gar nicht war. Da könnte auch Arbeit liegen. Und tatsächlich. Da lagen auch noch mehrere Ordner und ein paar Unterlagen mit dem Notiz drauf „Wichtig". Innerlich bin ich fast explodiert. Ich wollte nichts mehr machen. Ich habe mich schon gefreut um 15 Uhr Feierabend zu machen. Ich hatte noch genug Überstunden. Aber mit so viel Arbeit hat man gar nicht die Chance seine Überstunden abzubauen. Ich ging zurück zu meinem Tisch. Schaute die Unterlagen durch und merkte, dass da nicht so viel Arbeit auf mich wartete. Um 16 Uhr war ich mit allem fertig und schrieb Marc, dass er mich gerne abholen kann, wenn er auch so weit ist. Zehn Minuten später klingelte mein Handy. Marc war dran:" Ich bin schon da mein heißes Mädchen." „Wow, ich komme." Als ich in sein Auto einstieg küssten wir uns so als ob wir uns den ganzen Tag nicht gesehen haben.

„Ich würde mit dir jetzt gerne in ein Restaurant fahren oder wir können auch etwas mit nach Hause nehmen. Wie möchtest du es den gerne?" „Also, wenn es dir wirklich nichts ausmacht, dann würde ich lieber das Essen mit nach Hause nehmen und uns zu Hause mit einem Film gemütlich machen." „Ja, sehr gerne. Dann schaue hier die Speisekarte an und suche aus was du essen möchtest. Wir bestellen dann." Marc drückte mir sein Handy in die Hand wo die Speisekarte drauf war.

Zu Hause bei Marc machten wir uns auf dem Sofa gemütlich und haben mit Essen und Film gucken unser Abend verbracht. Danach machten wir uns Bett fertig und legten uns ins Bett. Marc bestand darauf, dass wir nackig schlafen. Ich spürte wie hart sein Penis war.

Aber Marc hat mich einfach nur am Rücken massiert und hat keine Anzeichen auf Sex gemacht. „Wie ein altes Ehepaar." sagte ich grinsend. „Gefällt es dir nicht?" „Doch es gefällt mir sehr. Mir gefällt alles mit dir."

„Oh Mist, ich habe etwas vergessen. Marc sprang aus dem Bett heraus und rannte schnell aus dem Zimmer raus. Ich setzte mich auf und war ganz gespannt was er vergessen hat. Plötzlich kam er zurück und versteckte seine Hände hinter dem Rücken."Ich wollte es dir nach dem Essen geben und habe es vergessen." Marc reichte mir ein rotes Schmuckkästchen entgegen. Ich nahm das Kästchen und war ganz gespannt was drin war. Das es kein Ring war wusste ich ganz genau, da es viel größer war. Ich machte das Kästchen auf und da lag ein Schlüsselanhänger mit einem Herzchen und ein Hausschlüssel. „Das ist der Hausschlüssel von meiner Wohnung. Ich wünsche mir, dass du zu mir einziehst und es unsere Wohnung wird." „Ooo, bist du süß Marc. Ich ziehe sehr gerne bei dir ein." Ich umarmte Marc und wir küssten uns. Den Schlüssel legte ich auf die Nachtkommode, kuschelte mich mit Marc ein und wir schliefen sofort ein.

Am nächsten Morgen klingelte wieder mein Wecker um 5 Uhr. Doch heute lag Marc neben mir und ich habe es genossen. „Guten Morgen Schönheit." Ich lächelte und wir küssten uns.

Marc zog mich auf sich und ich spürte seinen steifen Penis, der gegen meine Scheide drückte. Das machte mich direkt an und ganz feucht. Da wir nackig schliefen war sein Penis in paar kleinen Bewegungen in mir. Es war so befriedigend und gleichzeitig anziehend und lustvoll. Ich wollte mehr und mehr von ihm. Ich ritt richtig auf ihm drauf und an seinem Gesicht und seinem Stöhnen merkte ich, dass es ihm gefällt. Ich machte immer schneller und tiefer bis er plötzlich in mir kam. Es passierte so schnell, dass ich nur noch mehr erregt war. Ich stieg vom Marc aus und ging ganz schnell aufs Klo. Marc kam hinterher. Wir stiegen zusammen unter die Dusche und küssten uns ganz wild. „Geht es dir gut?" fragte mich Marc. „Ja, aber irgendwie bin ich nicht befriedigt und für eine zweite Runde haben wir einfach keine Zeit." „Oh nein. Ich hoffe du hälst bis heute Mittag durch und dann lässt du dich von mir verwöhnen so wie du mich gerade verwöhnt hast. So etwas schönes habe ich noch nie erlebt." „Okay", lächelte ich Marc und wir küssten uns wieder.
Heute reichte uns die Zeit nicht um zu Hause zu frühstücken. Wir haben auf dem Weg in einer Bäckerei Kaffee und Brötchen gekauft und haben während der Fahrt gefrühstückt. Alles was ich mit Marc letzte Zeit erlebt habe war immer schön. Jeder Tag verläuft anders

und es ist einfach schön. Ich habe Angst, dass dieser Zauber irgendwannmal verschwinden könnte oder ich von diesem Traum aufwache und merke, dass ich nur etwas zu viel getrunken habe. Ich versuchte die Gedanken zu Seite zu schieben und schnell mit der Arbeit zu beginnen und meine Unterlagen alle abzuarbeiten. Denn heute Mittag wartet auf mich ein schönes Verwöhnprogramm. Bei diesem Gedanken merkte ich wie aufgeregt ich war und voller Vorfreude. Nach einer Stunde klingelte mein Handy. Eine Nachricht vom Marc:" Ich liebe dich, Kusssmiley." Ich antwortete zurück „Ich vermisse dich sehr! Ich liebe dich!" Eine Stunde später kam wieder eine Nachricht von Marc."Ich schaue gerade unsere Fotos an, du bist so heiß. Bei mir wird alles hart wenn ich dich nur sehe und an heute morgen denke." Ich antwortete:"Du machst mich echt feucht! Ich kann es schon kaum abwarten wann Mittag ist."

Plötzlich klopfte es an der Tür. Ich schreckte aus meinen Gedanken hoch. Da kam meine Arbeitskollegin zu mir rein und brachte mir ein paar Unterlagen. „Gehen wir heute zusammen Mittagessen?" „Oh ne, tut mir leid Anita. Diese Woche bin ich immer zu Mittagessen mit meinem Freund verabredet." „Hä, habe ich etwas verpasst. Hast du jetzt einen Freund oder hattest du schon immer einen?" „Nein, nein. Wir sind nicht lange zusammen, daher möchten wir so viel Zeit zusammen verbringen wie es nur geht. Er arbeitet hier in der Nähe, darum ist es möglich, dass wir uns zu Mittagessen treffen. Ich hoffe du bist mir nicht böse?!" „Nein, natürlich nicht. Ich verstehe es. Hätte ich die Möglichkeit mit meinem Freund Mittagspausen zu verbringen, dann würde ich es auch machen. Okay, ich muss dann weiter an die Arbeit. Viel Spaß euch und lasst es euch schmecken. Du weist ja wo du mich findest." „Ja, danke." Lächelte ich Anita an als sie zur Tür raus ging.

Als es endlich kurz vor zwölf Uhr war, schaltete ich den Computer aus und wollte los laufen, als mein Handy wieder klingelte und wieder eine Nachricht von Marc kam. „Ich bin schon ganz scharf auf dich." Ich musste lachen. „Ich beeile mich. Ich bin schon ganz heiß auf dich." Ich ging mit schnellen Schritten Richtung Hotel und freute mich riesig darauf was mich erwartete. Marc wartete am Eingang auf mich. Wir umarmten und küssten uns und gingen Händchenhaltend zu unserem Zimmer von gestern. Im Zimmer hob mich Marc unerwartet hoch und trug mich ins Bett. Er zog mich aus und küsste mich am ganzen Körper. Als er unten an meiner Klitoris ankam fing er sie mit der Zunge zu lecken. Mit dem Finger ging er immer in meine Scheide rein und raus. Ich stöhnte. Ich war so erregt. Ich wollte ihn auf der Stelle in mir spüren. Es hat nicht lange gedauert als ich meinen Orgasmus bekam. Marc erhob sich und zog seine Hose samt Boxershorts runter und zog sich einen Kondom über und stieß sofort in mich ein. Es war einfach himmlisch. Dieses langsame rein und raus seines Penises war so erregend und befriedigend zugleich. Meine Arme lagen auf seinen Oberarmen und ich knetete sie mit meinen Fingern. Wir schauten uns währenddessen in die Augen und küssten uns immer wieder.

Als Marc in mir gekommen ist fühlte ich mich so befriedigt und glücklich. Wir machten uns schnell frisch und setzten uns an den Tisch um unser Mittagessen zu essen. Wir hatten wieder nur zwanzig Minuten zum Essen übrig. Marc küsste mich und sagte:"Danke, dass es dich gibt. Danke, dass ich mit dir meine Zeit verbringen darf. Ich bin der glücklichste Mann auf der ganzen Welt." „ Ich danke dir Marc für diese schöne Momente, für deine Liebe. Ich war noch nie so glücklich wie jetzt. Manchmal habe ich sogar Angst, da es so perfekt ist." „Ich liebe dich Carla." „Ich dich auch Marc." Wir küssten uns und aßen weiter. Dann sagte Marc:"In meinen früheren Beziehungen hatte ich noch nie so einen geilen Sex. Bei uns ist es nicht mal Sex, bei uns ist es Liebe. Ich spüre diese Liebe an jeder Stelle meines Körpers. Ich muss dich nicht mal berühren, es reicht schon wenn ich nur an dich denke oder dich sehe da wird bei mir im Körper alles wach und ich bin bereit für dich. So etwas habe ich noch nie zuvor gespürt. Ich habe noch nie freiwillig mit jemandem so viel Zeit verbracht. Geschweige den mit jemandem gewohnt und mein Bett geteilt. Du bist meine Frau, genau dich habe ich gesucht." „Du bist so süß und ob du glaubst oder nicht, genau so empfinde und fühle ich es auch. Du glaubst nicht wie ich geweint habe als ich deine Nummer nicht mehr finden konnte. Jetzt weiß ich ganz genau wieso mein Körper sich so zu dir hingezogen fühlte. Ich liebe alles an dir. Du bist mein Traummann. Du bist der erste Mann der mich richtig befriedigt. Mit dir macht Liebe machen richtig Spaß. Früher war ich immer unbefriedigt und danach schlecht gelaunt." Marc musste lachen. „Echt jetzt? Das freut mich sehr, dass ich es schaffe dich zu befriedigen. Du schaffst es auch." „Ja," lachte ich zurück. „Wir müssen leider zurück zur Arbeit. Ich würde so gerne einfach mit dir hier Zeit verbringen und nichts tun." „Oh Marc, du glaubst nicht wie sehr ich es auch möchte." Wir standen umarmt vor meiner Arbeitsfirma und schauten uns an. Marc gab mir einen Kuss auf die Stirn und fragte mich:"Hast du Lust mit mir heute Abend etwas zu kochen. Ich bestelle alle Zutaten und wir holen sie einfach ab und kochen uns etwas leckeres." „Ja, gerne." Wir küssten uns und ich ging wieder an meine Arbeit.

Als Marc mich Abends von der Arbeit abholte, fuhren wir zu einem Italienischen Spezialitätenladen. Dort holte Marc eine große Tasche voller Produkte ab, die er davor bestellte. Ich sang die Lieder nach, die im Radio liefen. Ich war einfach nur glücklich. Marc lachte nur und sang ab und zu mit.

Zu Hause zogen wir als erstes unsere bequeme Kleidung an und fingen an Spaghetti carbonara zu kochen und zum Nachtisch gab es Tiramisu. Doch das Tiramisu war schon fertig. Marc hat es im voraus bestellt.

Während wir kochten klingelte Marcs Handy. Sein Bruder hat angerufen. Ich habe beobachtet wie Marc mit seinem Bruder sprach. Er war sehr herzlich und glücklich zugleich. Als er auflegte, kam er zu mir, umarmte mich von hinten und gab mir einen Kuss auf den HInterkopf. „Am Samstag sind wir auf eine Party eingeladen. Mein Bruder feiert sein Geburtstag. Da können wir abtanzen und uns betrinken und einfach feiern." „Ja, das klingt toll." Ich drehte mich, umarmte Marc und küsste ihn.

Plötzlich klingelte mein Handy und es war Rebecca. Da wurde es mir ganz schlecht. „Oh nein ich habe Rebecca vergessen. Wir fahren doch am Samstag um ihr Kleid zu kaufen." Marcs Gesicht veränderte sich und er wirkte traurig. „Hallo Rebecca, wie geht es dir?" „Hallo Carla. Mir geht es gut, danke. Wie geht es dir? Wie läuft es mit Marc?" „Danke, es läuft wunderbar. Rufst du wegen Samstag an?" „Ja und zwar ich muss dich enttäuschen. Ich hoffe du bist dann nicht sauer auf mich. Mein Zukünftiger hat alles mit meinem Kleid geklärt. Aus dem Geschäft in Berlin kommt eine Verkäuferin zu uns nach Hause und präsentiert mir die besten Kleider. Wir müssen nirgends hin fahren. Wenn ich den Termin habe wann sie zu uns kommt, dann sage ich dir bescheid. Ich möchte nämlich, dass du auch dabei bist. Ich hoffe es ist okay für dich?!" Bei diesen Worten freute ich mich und tanzte so vor Freude, dass nur Marc es mit bekam. Marc flüsterte mir:"Fährt ihr nicht am Samstag?" Ich deutete mit dem Kopf ein Nein. Marc tanzte plötzlich mit und ich musste fast laut lachen. „Rebecca, das ist nicht so schlimm. Ich finde es schön, dass dein Zukünftiger sich um dich so kümmert." Marc deutete mit der Hand, dass ich ihm mein Handy geben soll. „Rebecca, Marc möchte mit dir sprechen." Ich gab Marc mein Handy. „Hi Rebecca. Du, mein Bruder feiert am Samstag sein Geburtstag. Magst du mit kommen? Du kannst natürlich deinen Zukünftigen mitbringen." „Hi, hmmm, ja. Ich würde sehr gerne kommen. Aber ich melde mich am Freitag noch mal." „Okay, cool." Marc gab mir wieder mein Handy. „Kommst du mit?" „Ich würde sehr gerne, aber ich muss noch schauen. Ich gebe euch am Freitag noch mal bescheid. Also schönen Abend euch noch. Wir gehen jetzt Abendessen." „Okay, lasst es euch schmecken. Tschau Rebecca." „Tschüssi Carla."

Ich legte mein Handy zur Seite. „Hä, ist es in Ordnung, dass Rebecca zu deinem Bruder mit kommt?" „Ja, er meinte ich darf auch Freunde mit nehmen. Er will so richtig feiern." „Ah, okay. Du glaubst nicht wie ich mich freue, dass ich am Samstag nirgends hin fahren muss. Das Schlimmste ist, dass ich es total vergessen habe. Ich bin echt eine schlechte Trauzeugin." „Nein, du bist die beste Trauzeugin. Bloß ich gebe dir keine freie Zeit und darum hast du es vergessen. Aber es ist ja nicht schlimm. Es hat sich alles von alleine geklärt. So und jetzt essen wir." Ich lächelte Marc an und er lächelte zurück, danach aßen wir.

„Das Essen ist köstlich. Das war eine super Idee Marc." Marc lächelte mich an und sagte:"Ja, das finde ich auch."

Während des Essens erzählte mir Marc wie er mit seinem Bruder die Kindheit verbrachte. Wie viel Quatsch und Ärger die zusammen gemacht haben.

Ich erzählte auch von meinen Erlebnissen mit meinen Brüdern. Es war ein sehr amüsanter Abend. Wir lachten viel. Irgendwann haben wir uns Bett fertig gemacht und sind schlafen gegangen.

Ich wachte plötzlich auf und merkte, dass mein Wecker erst in einer halben Stunde klingeln sollte. Also schlich ich mich langsam aus dem Bett und ging in die Küche. In der Küche erschrak ich fast als ich das ganze dreckige Geschirr sah. Vor lauter reden, gestern Abend, haben wir das ganze Geschirr total vergessen. „Na, jetzt weiß ich was wir heute Abend für ein Programm haben", dachte ich vor mich hin. Ich schaute nach einer sauberen Pfanne und bereitete Spiegeleier vor. Ich richtete auf dem Esstisch alles schön her und wollte gerade gehen um Marc zu wecken, als er aus dem Schlafzimmer raus kam. „Was riecht hier so gut?" „Ich habe uns Frühstück vorbereitet Schatz." Ich umarmte Marc und gab ihm einen Kuss auf den Hals. Dabei spürte ich seine morgendlich Errektion. „Ich hätte dich jetzt gerne vernascht," da er echt anziehend da stand und gegen meine Vagina drückte, „aber ich habe einen riesen Hunger und werde daher keine Energie für dich haben bevor ich nichts esse." Marc musste lachen. „Okay, dann lass uns schnell essen und dann unter der Dusche eine kurze Nummer schieben." „Das klingt verlockend," zwinkerte ich Marc zu.

Nach dem Essen sind wir duschen gegangen. Doch bevor wir in die Dusche eingestiegen sind, waren wir richtig heiß aufeinander, daher habe ich mich am Waschbecken angelehnt und Marc ist von hinten in mich eingedrungen. Er hielt mich an meiner Hüfte fest und stieß immer schneller und härter in mich ein. Es war sehr befriedigend. Nach dem Marc gekommen ist, sind wir in die Dusche eingestiegen und er seifte mich sanft ein. Wir küssten uns unter dem fliesendem Wasser.

Nach dem Duschen machten wir uns fertig und fuhren zur Arbeit.

„Carla, ich habe einen Vorschlag. Ich habe vorhin eine Email erhalten. Nämlich kam die Bestätigungsemail, dass wir eine Wohnung anschauen dürfen. Ich würde da gleich anrufen und einen Termin für 12:10 ausmachen. Was hältst du davon?" „Echt, so schnell hast du eine Wohnung gefunden? Ich würde sie sehr gerne sehen. Bin echt gespannt." Marc drückte meine Hand und lächelte mich an.

Auf der Arbeit saß ich wie auf heißen Kohlen. Die Zeit wollte nicht vorbei gehen. Ich war so gespannt auf die Wohnung. Ich kann es schon gar nicht abwarten mit Marc zusammen zu ziehen. Eigentlich wohnen wir ja schon zusammen. Aber es ist etwas anderes. Diese Wohnung würden wir gemeinsam aussuchen und einrichten. Ich liebe es Wohnungen einzurichten und neue Sachen zu kaufen. Ich hoffe Marc macht das alles mit.

Ich war schnell mit der Arbeit fertig und stand fünf vor zwölf schon vor der Tür und wartete auf Marc. Es nieselte etwas und die frische Luft blies mir ins Gesicht. Es war sehr erfrischend. Ich atmete die frische Luft tief ein und sah Marc schon vorfahren. Ich rannte schnell zum Auto und wollte schon einsteigen, als er sagte:"Du musst nicht einsteigen. Wir gehen zu Fuß." Ich schaute ihn ganz überrascht an und wusste nicht was er damit meint. „ Wir müssen nur ein paar Häuser weiter laufen und dann sind wir schon bei unserer zukünftigen Wohnung." Marc stieg aus, kam auf mich zu, umarmte mich und wir küssten uns. „Du riechst und schmeckst so gut. Ich habe dich vermisst." „Oh Marc, du bist echt süß. Ich liebe dich." „Ich dich auch meine Süße. Bist du bereit? Ich bin etwas aufgeregt. Das ist eine neue Erfahrung für mich. Ich habe noch nie mit jemand anderem eine Wohnung angeschaut oder zusammen gezogen. Ich freue mich darauf." Marc lächelte mich an. „Ich bin so was von bereit. Ich konnte es kaum abwarten, bis es zwölf Uhr wurde. Ich will es so sehr." Marc nahm meine Hand und wir gingen los. Wir mussten nicht weit laufen. Das Haus befand sich in der gleichen Straße wie meine Firma. "Ich kann dann immer zu Fuß zur Arbeit laufen und auch zur Mittagspause. Das gefällt mir schon mal." Grinste ich Marc an. „Mir auch, ich kann nämlich dann auch die Mittagspause mit meiner Lieblingsfrau verbringen." Wir küssten uns. Ich bin richtig glücklich. Ich geniese jeden Augenblick. Ich bin gerade so dankbar das alles erleben zu dürfen. Und das alles mit meinem Traummann an meiner Seite. Ich habe das Gefühl, dass ich mit Marc alles erreichen kann.

Marc riss mich aus meinen Gedanken heraus und sagte:"Das Haus wurde erst dieses Jahr fertig gebaut. Wir wären dann die ersten Mieter." „Oh wow." Plötzlich kam ein Mann auf uns zu und stellte sich vor. Es war der Makler Sven. Er wollte uns die Wohnung zeigen. „Wir haben insgesamt 6 Wohnungen in dem Haus. Zwei Dreizimmer Wohnungen und die anderen vier Wohnungen sind Vierzimmer Wohnungen. Wir haben eine Vierzimmerwohnung in der ersten Etage frei und und eine Vierzimmerwohnung im Erdgeschoss. Die Wohnung im Erdgeschoss ist 100€ teurer, da ein kleiner Garten dabei ist. Welche Wohnung möchten Sie den sehen?" fragte uns Sven nach der ausführlicher Information. Marc antwortete:"Na beide." „Okay, dann fangen wir mit dem Erdgeschoss an.

Im Eingang roch es so frisch nach neuer Farbe. Die Bodenfliesen sahen sehr edel aus und es war sehr hell. Rechts und links war immer eine Tür. Sven öffnete die linke Tür auf und sagte:" Die rechte Wohnung ist schon verkauft. Da zieht ein junges Paar ein. Die sind ungefähr in eurem Alter und haben vor kurzem geheiratet." Das fand ich schön, dass wir dann ungefähr gleichaltrige Nachbarn haben. Hoffentlich werden wir uns mit ihnen gut verstehen. Wir gingen in die Wohnung und die Sonne schien uns entgegen. Die Wohnung war so freundlich und gemütlich, obwohl da noch gar keine Möbel drin stand. Wir gingen in die Wohnung rein und standen fast schon im Wohnzimmer. Der Eingang war mit dem Wohnzimmer verknüpft. Rechts war das Gästeklo und wenn man in das Wohnzimmer eintritt, dann ist rechts eine offene, moderne Küche. Die Küche ist richtig groß. Mit einer Kochinsel. Links und geradeaus waren drei Türen. Das waren die Schlafzimmer oder Büro. Gegenüber vom Gästeklos befand sich das große Badezimmer mit einer Eckwanne.

Der ganze Boden, Waschbecken und Fliesen waren sehr modern und in warmen tönen gehalten. Aus dem Wohnzimmer kann man auf die Terrasse und dem dazugehörigen kleinem Garten raus.

Es war einfach nur wow. „Hier möchte ich

wohnen," hörte ich mich sagen. Marc und Sven schauten mich mit einem Lächeln an. „Ja, hier. Ich will die andere Wohnung gar nicht sehen."
„Ja, mir gefällt diese Wohnung auch sehr. Wann können wir den Vertrag unterschreiben?"
Sven schaute uns mit seinem breiten Grinsen an und fragte uns:"Möchtet ihr die Wohnung mieten oder kaufen?"
„Was kostet es jeweils?", fragte Marc. „Also, um zu mieten kostet die Wohnung 1400€ + Nebenkosten. Und um zu kaufen 450 000€."
Ich schaute ihn mit großen Augen an:"Was sind das für heftige Preise. Das müssen wir uns genau überlegen Marc."
Sven sagte:"Das ist gar kein Problem. Schlaft eine Nacht drüber und sagt mir bis morgen Abend bescheid. Ich schicke die Unterlagen ihnen per Email zu. Dann haben Sie die ganzen Daten."
Als wir im Auto saßen musste ich erst mal durchatmen. „Meine Wohnung kostet doppelt so wenig."
„Aber Carla guck mal, jetzt sind wir zu zweit. Und die Wohnung ist groß. Da können wir unsere Babys bekommen und müssen nicht umziehen. Ich wäre sogar dafür, dass wir die Wohnung kaufen." Ich schaute ihn ganz verdutzt an. Ich frage mich von was ich mehr geschockt bin, dass er das mit den Babys angesprochen hat oder dass er die Wohnung

kaufen möchte.

„Gefällt dir die Wohnung Carla?" „Ja, sie gefällt mir sehr." „ Na also, siehst du. Mir gefällt die Wohnung nämlich auch sehr und daher rufe ich den Sven gleich an und sage, dass er die Unterlagen fertig machen soll um die Wohnung zu kaufen." Ich lächelte Marc an und sagte:"Okay." Er lächelte zurück und wir küssten uns.

„Mit dir ist alles so perfekt. Ich bin einfach glücklich dich zu haben. Manchmal habe ich auch Angst, aus diesem Traum aufzuwachen und alles verschwindet einfach." „Du brauchst keine Angst zu haben Carla. Ich liebe dich sehr. Ich will mit dir meine Zukunft verbringen."

Auf der Arbeit konnte ich mich gar nicht konzentrieren. Ich dachte die ganze Zeit an die Wohnung und stellte mir vor wie wir drin wohnen und wie wir sie einrichten. Ich konnte es schon kaum abwarten. Aus meiner Wohnung nehme ich meine Kleidung mit und Möbelstücke mit Erinnerung.

Am Abend beim Essen sagte Marc zu mir, dass wir die Wohnung kriegen und sogar schon einen Notartermin haben. Nämlich in einem Monat. Ich habe mich riesig gefreut.

Der Rest der Woche ging schnell vorbei und da war schon Samstag. Ich habe mich sehr darüber gefreut. Ich wollte so gerne wieder auf eine Party gehen und tanzen. Ich habe schon lange nicht mehr getanzt. Seit dem ich mit Marc zusammen bin waren wir kein einziges Mal zusammen feiern. Aber es hat uns auch nicht gestört, wir waren mit anderen wichtigen Sachen beschäftigt, die uns Spaß gemacht haben.

Zur Party zogen wir uns schick an und im Partnerlook. Marc wartete ab bis ich mein Outfit aus dem Schrank raus lege und danach holte er ein Hemd heraus, farblich passend zu meinem Kleid. Ich war irgendwie aufgeregt. Ich schickte Rebecca die Adresse von Marcs Bruder zu. Wir haben ausgemacht, dass wir uns dort treffen. Marc kümmerte sich um das Geschenk für seinen Bruder. Ich hätte nicht mal eine Idee für ein Geschenk, da ich ihn kaum kenne. Ich bin sowieso schlecht in Geschenke aussuchen.

Als wir an das Haus von Marcs Bruder kamen, standen da sehr viele Autos und man hörte eine laute Musik aus dem Haus.

„Oha, ich hätte nicht gedacht, dass es so eine große Party sein wird," sagte ich lächelnd. „Ich hätte auch nicht gedacht, dass es so riesig wird."

Plötzlich kam Rebecca in ihrem Auto ganz alleine angefahren. Sie parkte neben unserem Auto, stieg aus und umarmte uns beide. „Wieso bist du alleine?" fragte ich Rebecca.

„Mein Verlobter hatte keine Lust auf Partys und als er gehört hat, dass du dabei bist, da hat er mir erlaubt ohne ihn Party zu machen. Ich habe sogar gesagt, dass ich bei dir übernachte." „Ja klar, darfst du gerne." „Ne, ne. Danke für das Angebot, aber ich möchte zu meinen Eltern fahren. Irgendwie habe ich kaum Zeit für sie letzte Zeit. Also sollen wir los?" Fragte Rebecca und ging Richtung Haus. Als wir in das Haus rein kamen, waren da viele Menschen. Es sah aus wie in einem Film. Ein Paar knutschte auf dem Sofa, ein anderes stand knutschend in einer Ecke. Viele Tanzten oder tranken Bier und andere alkoholische Getränke. Auf dem Tisch standen viele Häppchen. Die Häppchen sahen appetitlich aus. Ich nahm mir eins mit und dann suchten wir Marcs Bruder. Plötzlich kam er die Treppe runter und unterhielt sich mit einem hübschen Mädchen. Sie sah viel jünger aus als er. Als er uns sah, kam er schnell auf uns zu und umarmte uns. Man merkte, dass er auch schon getrunken hat. Marc fragte ihn:"Was ist hier den los? Kennst du so viele Menschen?" „Nein, aber es macht Spaß. So kann man neue Menschen kennen lernen. Jetzt bin ich ein freier Mann und kann alles tun und lassen was ich will. Mir gefällt es und dass ist der Beste Geburtstag den ich je hatte. Bedient euch überall. Entspannt euch. Oben gibt es ein freies Zimmer, falls ihr Lust verspürt." Matthias umarmte Marc noch einmal und schaute plötzlich Rebecca an. „Hi, dich kenne ich ja gar nicht. Bist du mit einem meiner Kumpels in Begleitung hier?" fragte Matthias sie. „Hi, nein. Ich bin die beste Freundin von Carla. Ich durfte mit kommen. Da mir eh zu Hause langweilig war, dachte ich, dass eine Party mehr Spaß macht."

Ich beobachtete die ganze Situation und dachte, dass ich mir gleich noch ein Häppchen holen muss. In dem Moment nahm Marc mich an der Hand und zog mich genau zu diesen Häppchen und gab mir eine Flasche Bier. Selber nahm er sich eine kleine Cola. Ich nahm noch ein Häppchen und war zufrieden. „Sollen wir tanzen?" Ich nickte mit vollem Mund. Wir gingen zu der Menschenmenge, die sich zu der Musik bewegen und fingen an uns auch zu der Musik zu bewegte. Marc konnte richtig gut tanzen. Ich dachte immer, dass ich gut tanzen kann, aber Marc. Er zog mich an sich und wir tanzten richtig nah und umschlungen miteinander. Ich spürte wie feucht ich wurde und dass ich Lust auf Marc verspüre. Er roch so gut nach seinem Parfüm und nach ihm selbst. Ich liebe sein Geruch.

Ich flüsterte Marc ins Ohr:"Sollen wir vielleicht das Angebot von deinem Bruder mit dem Zimmer annehmen. Ich habe richtig Lust auf dich." Marc drückte mein Po ganz fest an sich und stöhnte leicht in mein Ohr herein. Ich spürte wie sein Penis ganz hart wurde und gegen die Hose drückte. Ich liebe dieses Gefühl und dass Marc so schnell heiß wird.

Marc nahm mich an die Hand und zog mich Richtung Haustür raus. Ich verstand nichts, aber es machte mich irgendwie an, dass er über mich entscheidet. Wir gingen zum Auto. Marc hielt mir die Tür auf und ich setzte mich rein. Als Marc ins Auto eingestiegen ist küsste er mich ganz heiß und gierig. Wir fahren jetzt eine Straße weiter in ein Hotel und nehmen uns ein Zimmer. Da sind wir ungestört und danach können wir entscheiden ob wir wieder zurück wollen auf die Party oder nicht.

Natürlich sind wir nicht auf die Party zurück gekehrt. Wir liebten uns zwei mal hintereinander. Es war einfach befriedigend. Danach badeten wir zusammen in der Badewanne. Die Badewanne war riesig. Wir wollten gar nicht raus. Wir redeten sehr viel über unsere Zukunftspläne, über unsere Wohnung, die wir bald kaufen werden und vieles mehr. Ich habe irgendwo gelesen, dass eine Beziehung nur dann funktionieren kann, wenn man mit dem Menschen über alles reden kann. Wenn man mit dem Menschen gerne über alles redet, dann ist das die richtige Person an deiner Seite. Das empfinde ich beim Marc. Ich liebe es mit ihm über alles zu sprechen, mit ihm Zeit zu verbringen und einfach bei ihm zu sein. Ich wusste gar nicht, dass man solche Gefühle zu einem empfinden kann. Aber ich habe gehofft mich so richtig zu verlieben. Und das ist mir endlich gelungen. Ich bin jetzt angekommen und kann jetzt unsere Zukunft planen.

Am nächsten Morgen wachte ich auf und merkte, dass wir beim Film gucken eingeschlafen sind.

Ich lag in Marcs Arm und sein Kopf lag an meinem Kopf. Ich wollte mich langsam aus seinem Arm befreien doch er wurde wach.

„Guten Morgen Schönheit!," sagte Marc zu mir.

„Guten Morgen mein Schatz." Ich küsste Marc.

„Ich hoffe es macht dir nichts aus, dass wir nicht mehr zu der Party gegangen sind?", fragte mich Marc. „Oh nein, auf gar keinen Fall. Der Abend war wunderschön mit dir. Die Zweisamkeit hat mir mehr Spaß gemacht."

Plötzlich zog sich bei mir alles zusammen vor Schreck:" Oh nein, ich habe Rebecca gar nicht bescheid gesagt." Mir ist fast schlecht geworden. Ich holte schnell mein Handy vom Tisch und sah, dass Rebecca sich gar nicht gemeldet hat. Es war neuen Uhr morgens. Ich traute mich gar nicht sie anzurufen, da ich nicht genau wusste wann sie schlafen gegangen ist. Ich schrieb ihr eine Nachricht: Hi Rebecca. Ich hoffe bei dir ist alles gut?! Leider habe ich dir nicht bescheid gesagt, dass wir früher gegangen sind. Ich hoffe du hattest trotzdem Spaß?! Melde dich bitte wenn du wach bist. Bussi.

„So, zum Glück keine verpassten Anrufe. Ich habe Rebecca eine Nachricht geschickt." Marc stieg auf mich drauf und schaute mich lange an. Er streichelte meine Haare nach hinten und ich streichelte währenddessen sein Rücken. Marc sagte:"Du bist so schön. Ich liebe dich über alles. Ich möchte mit dir mein ganzes Leben verbringen." „Ist das süß Marc. Ich liebe dich auch über alles." Marc küsste mich ganz sanft. Dann guckte er mich wieder an. „Hast du Hunger? Sollen wir Frühstück hoch bestellen?" Ich nickte. Nach dem Frühstück fuhren wir nach Hause.

Als wir zu Hause waren bekam ich eine Nachricht von Rebecca. Sie schrieb, dass alles schön war und es in Ordnung war, dass wir früher gegangen sind. Sie hat heute noch voll den Kater. Ich war froh, dass sie nicht beleidigt war.

Der Rest des Wochenendes verlief sehr produktiv. Wir haben aufgeräumt, sind spazieren gegangen und haben zusammen etwas gekocht.

Die Neue Woche verflog wie im Fluge. Wir haben uns mittags immer in unserem Hotel getroffen und liebten uns oder haben einfach die Mittagspause zusammen verbracht. Rebecca schrieb mir noch eine Nachricht, dass ihr Verlobter für sie eine Junggesellenabschiedsparty geplant hat. Das ist nämlich diesen Samstag in einer Tanzbar. Doch sie schrieb nicht in welcher Tanzbar. Sie schrieb nur dazu, dass sie mich gegen 16 Uhr mit einer rosa Limousine abholt und noch ein paar Mädchen. In der Limousine können mit der Party anfangen und danach geht es zu der Bar. Marc sagte nur, dass er es komisch findet, dass der Verlobter das Junggesellenabschied plant. Normalerweise machen es die Freundinnen. Ich war eine schlechte Trauzeugin. Aber ich war noch nie bei einer Junggesellenabschiedsparty dabei und finde es auch übertrieben. Wenn ich mal heirate, dann brauche ich keine Junggesellenabschiedsparty. Lieber machen wir ein Pärchenabend und haben zusammen Spaß.

„Eigentlich habe ich gar keine Lust ohne dich Party zu machen," sagte ich ganz traurig zu Marc. „Es ist okay. Du bist die Trauzeugin, du musst dabei sein. Ich warte dann auf dich oder ich kann dich auch abholen wenn es zu Ende ist. Du musst mich einfach nur anrufen." „Okay Marc." Wir küssten uns und ich ging zu meinem Kleiderschrank und suchte das Outfit für den Abend aus. Was zieht man den zu einem Junggesellenabschied an? Ich weiß es irgendwie gar nicht. „Marc, kannst du mir vielleicht helfen. Ich weiß nicht was ich anziehen soll."

„Bitte nicht zu sexy." Grinste Marc mich an. Er kam zu mir rüber und schaute in den Kleiderschrank rein. „Hmmm, hier gibt es echt viele schöne Sachen. Wie wäre es mit diesem schwarzen Glitzerkleid oder diese schwarze Shorts mit dem silbernem Glitzertop?" „Genial Marc, das mit den Shorts ist eine super Idee. Einen Blazer nehme ich noch mit." Wir küssten uns und ich fing mich fertig zu machen, mich zu schminken und meine Haare zu locken.

Als ich fertig war, habe ich mich auf Marcs Schoß hingesetzt und wir knutschten einbisschen. „Ich will nicht gehen. Ich liebe die Abende mit dir zu verbringen und nicht mit jemand anderem. Ich bereue es voll, dass ich Rebecca zu gesagt habe ihre Trauzeugin zu sein. Ich bin nämlich eine sehr schlechte Trauzeugin." „Carla, du machst es gut. Wir haben in Zukunft noch ganz viele Wochenenden und Urlaube zusammen. Und jetzt geh und amüsiere dich etwas." Plötzlich klingelte es an der Tür. „Das ist wahrscheinlich die Limousine." Ich umarmte Marc noch einmal und ging zur Tür. „Carla." hörte ich Marc sagen. Ich drehte mich um und er sagte:" Du bist so wunderschön. Ich liebe dich überalles. Pass auf dich auf und wenn etwas ist rufe mich einfach an." Ich lächelte Marc an und sagte:"Ich liebe dich auch." Ich schickte ihm einen Luftkuss und ging runter. Irgendwie hatte ich gar keine Lust und war ganz aufgeregt. Ich wusste gar nicht wieso. Vor der Tür stand Rebecca. Sie hatte ein schönes silbernes Glitzerkleid an und auf dem Kopf einen Schleier. So sieht man, dass sie die Braut ist. Wir umarmten uns. Sie war richtig aufgedreht und man roch, dass sie schon etwas getrunken hat. Sie redete wie ein Wasserfall. Ich konnte nichts dazwischen sagen.

„Carla, ich freue mich schon so. Ich weiß gar nicht was uns da erwartet. Mein zukünftiger hat alles geplant. Er meinte wir werden viel Spaß haben und eine Überraschung wartet auf uns. Ich hoffe natürlich, dass da paar Stripper kommen und uns richtig aufheizen."

Ich war kurz geschockt. Stripper, was für Stripper? So etwas finde ich nicht so schön. Das ist echt etwas ekelig. Haben solche Männer überhaupt eine Freundin oder eine Frau oder bleiben sie eher Single um dann nach der Show mit jemandem Spaß zu haben. Naja. Ich bin mal gespannt.

Wir stiegen in die schöne Limo ein und da waren schon 3 weitere Mädels. Ich kannte sie nicht. Rebecca stellte uns schnell vor. Es war eine Nora, Christina und eine Laura dabei. Alle hatten einen Cocktail in der Hand. In der Ecke saß ein Barkeeper und mixte für alle ein

Getränk. Ich hätte nicht gedacht, dass so etwas möglich ist. Er fragte mich was ich für ein Cocktail möchte. Ich nahm mir einen alkoholfreien und aus vielen Früchten. Der schmeckte echt gut. Wir fuhren los und es spielte aus den Boxen eine laute Partymusik und überall leuchteten viele Lämpchen. Die Mädels, samt Rebecca bewegten sich zu der Musik und kreischten und sangen immer wieder mit. Sie hatten richtig Spaß. Mir hat das alles gar kein Spaß gemacht. Ich merkte, dass dieses Leben nicht mehr meins ist. Mein Leben ist jetzt mit Marc. Ohne ihn fühle ich mich krank und nicht so glücklich. Bei ihm fühle ich mich angekommen und komplett. Ich schickte Marc eine Nachricht nach der anderen. Er schickte mir zur Antwort Herzchen und Kusssmileys. Zwischendurch habe ich die Mädels bei Partymachen fotografiert. Als wir nach halber Stunde endlich da waren, war ich echt froh. Es hat so ewig lang gedauert. Als wir aus der Limo ausgestiegen sind merkte ich, dass wir irgendwo im Wald sind. Da waren zwei Kameraleute da. Sie begrüßten und erklärten uns, dass wir gleich ein Fotoshooting haben werden. Die Idee fand ich super. Die Kulisse war auch echt schön. Wir schossen schöne Fotos und freuten uns auf die CD mit den Fotos. Die CD kriegt Rebecca zugeschickt und gibt uns die dann weiter. Nach dem

Fotoshooting hatte Rebecca Lust auf eine Pizza. Also wurden wir in die nächste Pizzeria gefahren und eine Pizza wurde uns in den Wagen gereicht. Ich habe ein Stück von der Pizza gegessen und hatte gar kein Hunger mehr. Es machte mir einfach kein Spaß mit den Mädels und ich fühlte mich fehl am Platz. Gegen 19 Uhr sind wir endlich in die Bar angekommen. Diese Bar kenne ich nicht. Sie sieht etwas edler. Auf dem Parkplatz vor der Bar stehen teure Autos. Wahrscheinlich ist diese Bar etwas für die Reiche. Wir gingen rein und da spielte laute Partymusik und viele waren auf der Tanzfläche. Es war wie in einer Disco. Rebecca bestellte für uns alle ein Tequila. Ich lehnte meins ab und sagte zu Rebecca, dass sie weniger trinken soll, sonst kann sie sich später an die Party gar nicht mehr erinnern. Sie meinte nur, dass es ihr Abend ist und sie trinken kann so viel sie möchte.

Wir tanzten und ich machte sogar mit, da ich sehr gerne tanze.

Durch das ganze tanzen spürte ich wie meine Füße brannten. Ich machte eine kleine Pause und setzte mich an die Theke. Plötzlich wurde die Musik leiser und ein Mann kam ans Mikrofon und begrüßte Rebecca, die Braut. Alle jubelten und klatschten. Dann sagte er die Hot Boys an. Das ist die Überraschung von ihrem Verlobten. Eine verführerische Musik ging an und 5 muskulöse Männer in einem Cowboyhut kamen der Reihe nach heraus und stellten sich mit dem Rücken zu uns in einer Reihe auf. Sie tanzten synchron zu der Musik und bewegten sehr sexy ihre Hüften. Plötzlich reisten sie sich die Hose mit einem Griff runter und alle jubelten. Mit einem leichten Sprung drehten sie sich zu uns um und tanzten weiter. Durch den Hut und mit dem Blick nach unten gerichtet konnte man keine Gesichter erkenne. Und von dem gedämmten Licht war auch nicht alles genau zu sehen. Sie tanzten weiter und reißten sich plötzlich das weiße Hemd auseinander und waren plötzlich Oberkörperfrei. Alle kreischten noch lauter. Ich habe weiter zu geschaut, weil ich wissen wollte wie weit sie gehen und wie nackig sie dann sind. Ich fand es jetzt nicht besonders schön was die da machten, aber interessant war es schon wie weit sie gehen. Während dem Tanzen standen sie wieder zu uns mit dem Rücken gedreht und haben ihre Hüte abgeworfen. Sie bewegten weiter ihre Hüften sehr verführerisch und das Publikum kreischte und klatschte. Während dem Tanzen drehten sich die Männer zu uns um und schauten direkt ins Publikum und plötzlich trafen sich unsere Blicke. Ich sprang vor Schreck vom Hocker runter und stand wie angewurzelt da. Ich konnte es nicht verstehen. Ich hatte das Gefühl, dass der Boden unter meinen Füßen weggleitet. Mir wird es gleichzeitig heiß und kalt. Das ist doch Marc! Wie? Verstehe ich nicht. Da oben steht mein Marc und alle schauen sein heißes Body an. Das ist doch mein Body. Nur ich darf ihn anschauen. Marc erkannte mich auch und blieb plötzlich stehen und schaute mich nur an. Ich griff schnell nach meiner Tasche und rannte aus der Bar heraus. Ich brauchte eine Abkühlung. Ich konnte nicht mehr. Draußen war es schon richtig dunkel.

Ich rannte Richtung Straße. Plötzlich hörte ich Marc hinter mir her rufen:"Carla, warte bitte. Renn nicht weg." Ich schaute kurz nach hinten und sah Marc wie er in seiner Boxershorts versucht hat mir hinter her zu rennen. Doch er wurde von den Türstehern aufgehalten. Ich rannte und rannte und spürte meine schmerzenden Füße gar nicht mehr. Ich wollte einfach weg von dem Albtraum. Ich wollte aufwachen und bei meinem Marc sein. Doch ich verstand, dass es leider kein Traum war. Ich sah eine Bushaltestelle und setzte mich auf die Bank. Plötzlich brach ich voll in Tränen aus. Ich verstand es nicht. Wieso hat er mich angelogen? Wieso hat er mir nichts davon erzählt? Ich will nicht, dass er da dabei ist. Er verdient doch gut, für was macht er das? Meine Tränen flossen und flossen. Ich war so wütend und traurig zugleich. Plötzlich kam ein Bus und

212

hielt vor mir an. Ich bin in den Bus eingestiegen, ohne zu überlegen wohin ich fahren wollte. Mein Handy klingelte paar mal hintereinander. Ich drückte es immer weg. Es war nämlich Marc. Ich wollte mit ihm gerade nicht sprechen. Ich war richtig sauer auf ihn. Aber in Wirklichkeit vermisste ich ihn. Ich bekam immer wieder Schnappatmungen als mir immer mehr bewusst wurde was er da getan hat. Ich fühlte mich alleingelassen. Ich konnte mich nicht an ihn und anlehnen und mich ausheulen. Ich habe gar kein Vertrauen mehr zu ihm. Was hat er mir noch verschwiegen? Mein Handy klingelte immer und immer wieder. Ich stellte es auf stumm, doch die Vibration nervte mich. Da schaltete ich mein Handy komplett aus und schaute aus dem Fenster heraus. Die Tränen liefen mir automatisch über die Wangen. Ich habe sie mit meinem Blaserärmel weggewischt.

Nach einer Weile hörte ich den Busfahrer sagen, dass die nächste Haltestelle meine alte Straße ist, wo sich meine Wohnung befindet. Ich dachte es ist kein Zufall. Ich stieg direkt raus. Setzte mich kurz auf die Bank der Bushaltestelle und konnte nicht klar denken. In meinem Kopf war so ein durcheinander. Ich bekam richtig Bauchschmerzen und Angstzustände. Ich lief schnell zu meiner Wohnung. Ich war so froh, dass ich meinen

Schlüssel dabei hatte. Es hat sich nichts nach den Wochen verändert, seit dem ich das letzte mal hier war. Ich habe ganz vergessen wie es sich anfühlt alleine zu Hause zu sein. ch fühlte mich zurück in mein altes Leben katapultiert und ich wollte es nicht. Mir gefiel mein neues Leben. Und gleichzeitig finde ich es jetzt schön, dass ich meine Wohnung noch nicht gekündigt habe.

Ich ging an mein Schrank und holte einen warmen Schlafanzug heraus. Ich wusch mir mein Gesicht und merkte, dass meine Tränen mir ununterbrochen die Wangen runter laufen. Ich bin so traurig. Ich möchte schreien, kann aber nicht. Ich legte mich in mein Bett und bekam einen Heulanfall. Ich konnte mich nicht mehr bremsen. Die ganze Wut und Traurigkeit sammelte sich in mir während der Busfahrt. Ich war so erschöpft vom Weinen, dass ich nicht mal merkte wie ich eingeschlafen bin. Plötzlich klingelte es und klopfte es an die Tür. Ich wurde aus dem Schlaf rausgerissen. Ich schaute auf die Uhr und sah, dass es schon 12 Uhr mittags war. Dann hörte ich wieder das Klingeln und Klopfen an die Tür. Ich ging an die Tür und hörte Marc sagen:"Carla, es tut mir so wahnsinnig leid. Mach bitte die Tür auf. Ich vermisse dich! Ich brauche dich! Lass mich dir alles erklären. Mach bitte die Tür auf!"
Mir kamen sofort die Tränen wieder und ich lief

schnell ins Bett und knallte die Schlafzimmertür hinter mir zu. Ich musste ganz laut weinen. Ich konnte gar nicht aufhören zu weinen.

Plötzlich wurde ich wieder von der Türklingel geweckt. Und gleichzeitig merkte ich, dass ich kurz aufs Klo musste. Also zwang ich mich aus dem Bett und ging aufs Klo. Als ich fertig war, klingelte es wieder an der Tür und dann hörte ich Rebecca sprechen:"Carla, mach keine Dummheiten. Schließe die Tür auf." Ich rannte schnell zur Tür und fragte:"Bist du alleine?" „Ja." Ich schloss die Tür auf und umarmte meine Freundin ganz fest und weinte einfach los. Sie rieb mir am Rücken und sagte:"Komm wir gehen rein. Ich bin da."

Wir setzten uns auf mein Sofa. Rebecca hielt mir ein Kaffee To go entgegen und ich nahm den warmen Becher entgegen. Es fühlte sich gut an etwas warmes zu trinken. Mir flossen immer wieder die Tränen. Rebecca hielt mir ein Taschentuch hin. „Rebecca, wie konnte er nur? Wieso hat er das gemacht? Er hat mich angelogen!" „Ja Carla, ich verstehe es auch nicht. Aber ich wusste gar nicht das du weg warst. Es tut mir so leid. Ich war so angetrunken, dass ich es erst vor kurzem vom Marc erfahren habe. Aber ich habe ihn auch nicht gefragt wieso er das gemacht hat. Ich wollte sofort zu dir. Es tut mir so leid, dass es so spät wurde." „Nein, alles gut. Es tut mir leid, das ich so eine schlechte Trauzeugin bin. An der Hochzeit, verspreche ich dir, wird alles perfekt." „Alles gut Kleine. Wieso redest du einfach nicht mit ihm?"

„Nein Rebecca, er hat mich angelogen. Ich will nicht mit ihm reden." Und wieder weinte ich. „Vermisst du ihn? Willst du mit ihm zusammen sein oder ist es jetzt gelaufen?" „Ich vermisse ihn total. Ich brauche ihn, aber ich weiß nicht wie ich ihm wieder vertrauen soll. Ich bin so beleidigt. Ich weiß nicht ob ich es wegstecken kann."

„Rede doch erst mal mit ihm und dann guckst du weiter. Also ihm geht es auch nicht gut. Er hat die ganze Nacht nicht geschlafen. Er hat die ganze Nacht und heute den halben Tag vor deiner Haustür verbracht." „Was hat er gemacht?" „Ja, er hat gehofft dass du ihm die Tür öffnest und mit ihm sprichst." „Aber ich habe ihn nur einmal gehört und danach bin ich wieder eingeschlafen."

Plötzlich klingelte Rebeccas Handy. Sie bekam eine Nachricht, dass der Fahrer auf sie unten wartet. „Es tut mir Leid Carla, aber ich muss leider los. Ich habe mit meinem Zukünftigen eine Verabredung. Ist es okay wenn ich gehe?" Ich nickte. Aber eigentlich wollte ich gar nicht alleine sein. Doch ich traute mich nicht das zu sagen. Rebecca umarmte mich und ging Richtung Tür:"Rede mit ihm Carla. Quäle dich nicht." „Ich überlege es mir."

Als Rebecca ging, schaltete ich schnell den Fernseher an um mich etwas abgelenkt zu sein. Da merkte ich, dass ich einfach durch das Programm mich durchschalte und nichts interessantes finde. Ich verspürte plötzlich Hunger. Also holte ich mein Handy und merkte, dass es noch immer aus ist. Ich schaltete mein Handy ein und da waren 87 verpasste Anrufe. Wie geht das den bitte? Da war ich echt überrascht. Mir kamen wieder die Tränen. Aber ich holte tief Luft und bestellte mir ein Pizza. Ich legte mich wieder in mein Bett und schlief fast ein. Da klingelte es an der Tür. Meine Pizza wurde geliefert. Ich nahm ein Stück von der Pizza und aß sie auf. Danach hatte ich keinen Appetit mehr. Also verkroch ich mich wieder in mein Bett und dachte an die schönen Momente, die wir mit Marc hatten. Wie wir uns mittags in einem Hotel getroffen haben. Wie er mich immer zum Lachen gebracht hat und wie wir einfach zusammen einschliefen. Plötzlich fehlte er mir sehr und ich wollte ihn neben mir haben. Mir kamen wieder die Tränen. Ich vermisste ihn sehr und dadurch verspürte ich einen richtigen Schmerz in meinem Brustkorb. Als ob mir mein Herz raus gerissen wurde. Ich schlief wieder ein.

Am nächsten Morgen klingelte um 5 Uhr morgens mein Handy. Ich wachte mit straken

Kopfschmerzen auf. Also nahm ich mein Handy und sah weitere 20 verpasste Anrufe. Ich schrieb meiner Chefin, dass ich mich für diese Woche krank melde.

Ich beschloss mich zu duschen und etwas zu frühstücken um dann zu gucken ob ich mich besser fühlen werde. Ich war duschen und als ich frühstücken wollte merkte ich, dass mein Kühlschrank und meine Schränke leer waren. Das hat mich ganz wütend und traurig gemacht. Dadurch musste ich wieder weinen. Ich ging ganz schnell zum Schlafzimmer und legte mich wieder ins Bett. Ich wollte nie wieder aus meinem Bett raus. Ist mir egal was die anderen sagen. Ich bleibe hier im Bett. Da klingelte es plötzlich an der Tür. Ich ging zur Tür und hörte Marc sagen:"Carla, Liebes, mach mir bitte die Tür auf. Ich mache es nie wieder. Du bist mein Leben. Ich brauche dich."

Ich lehnte mich an die Tür und wusste nicht was ich tun sollte. Ich vermisste ihn schrecklich. Ich wollte ihn umarmen und einfach küssen. Vielleicht sollte ich den Rat von Rebecca annehmen und mit ihm sprechen.

Plötzlich dachte ich nicht mehr nach, sondern folgte meinen Gefühlen und schloss die Tür auf. Ich umarmte Marc und wir fingen an wild zu knutschen. Knutschend liefen wir in mein Schlafzimmer und landeten beide in meinem Bett. Marc zog mich gierig aus und drang mit seinem Penis in mich ein. Der ganze Stress und die Wut von den letzten Tagen war aufeinmal weg. Ich hatte wieder Glückgefühle und wollte Marc nicht mehr los lassen. Marc stöhnte und sagte:"Carla, ich liebe dich. Ich will nur dich." Plötzlich zog er sich aus mir heraus und spritzte alles auf meinen Bauch. Das war aber eine richtige Sauerei. Er nahm Taschentücher und wischte mir alles weg. Danach gingen wir unter die Dusche und standen einfach umklammernd unterm warmen Wasser. Ich wollte ihn nie wieder los lassen und keine Sekunde mehr ohne ihn verbringen. Ich geniese gerade. Über alles sprechen können wir auch später. Wir wuschen uns gegenseitig und nach dem Abtrocknen kuschelten wir uns in mein Bett rein. Dann fing Marc an zu erzählen:"Als erstes will ich mich bei dir entschuldigen, dass ich dir davor nichts erzählt habe. Am Anfang wollte ich es, aber dann habe ich es einfach vergessen und nicht mehr dran gedacht." Ich schaute Marc einfach nur an und wollte einfach nichts sagen und nur zu hören. „Angefangen hat es damit dass ich vor ein paar Jahren eine Wette verloren habe und musste bei dem Strip-Tanz mitmachen. Ich habe es einmal gemacht und der Chef dieser Kampange fand mich so gut, dass er mir das angeboten hat fürs Geld zu machen. Da ich damals sowieso nicht viel in meiner Freizeit gemacht habe nahm ich das Angebot an. Natürlich hatten wir einen Vertrag zusammen. Als ich dich kennen gelernt habe musst ich plötzlich bei unserer Verabredung weg. Das hat mich dann aufgeregt und kein Spaß mehr gemacht. Darum habe ich sofort gekündigt, aber laut Vertrag gab es leider eine Kündigungsfrist. Ich habe mich dann mit meinem Chef geeinigt, dass er mich anrufen kann wenn Not am Mann ist. Diesen Samstag war es leider so. Du bist weggefahren und kurze Zeit später bekam ich einen Anruf, dass ich aushelfen muss. Das war die letzte Woche in der mein Vertrag auslief und ausgerechnet an diesem Samstag musste ich noch mal los. Ich wusste auch nicht, dass ihr ausgerechnet in dieser Bar seid. Ich wollte dir danach alles erzählen. Ich habe es mir fest vorgenommen. Aber leider kam alles anders als ich es wollte. Und es tut mir wahnsinnig leid. Es brach mir das Herz dich so zu sehen. Eigentlich ist das ja nichts schlimmes. Wir haben nur getanzt und man sah eh nicht den richtigen Körper. Man bekommt so viel Schminke auf den Oberkörper, dass ja alle Muskeln noch definierter sichtbar werden." Bei diesen Worten bin ich fast explodiert:"Das denkst nur du. Ich habe ganz wohl alles bei dir gesehen. Das gehört mir! Ich darf nur das alles sehen!" „Okay, okay. Ich wusste nicht, dass man so viel erkennt, trotz dem Dimmerlicht. Das ist voll und

ganz dein Körper. Ich gehöre nur dir. Ich mache
so etwas nicht mehr, versprochen." Marc küsste
mich und ich beruhigte mich wieder. „Eine
Frage habe ich noch. Mir gefiel diese
Stripeinheit gar nicht, aber es hat mich
interessiert wie weit ihr euch auszieht. Sieht
man den Penis oder bleibt ihr in den Shorts?"
„Ne, man sieht nichts. Aber die Boxershorts
kommen auch runter und drunter ist noch eine
knappe Unterhose angezogen oder bei
manchen sogar ein Stringtange. Ich habe mich
gegen die Tangas geweigert." Wir lachten. Ich
umarmte Marc ganz fest und er umarmte mich
auch. Dann fragte Marc mich."Fahren wir nach
Hause?" Ich schaute ihn an und nickte.
Während der Fahrt bestellte Marc Essen aufs
Haus. Da merkte ich wie hungrig ich eigentlich
war. Während der Fahrt kuschelte ich mich an
Marc. Ich habe ihn so vermisst.
Zu Hause verbrachten wir den ganzen Tag im
Bett.
Da ich mich für die ganze Woche krank
gemeldet habe und Marc sich Urlaub
genommen hat, haben wir uns Gedanken über
unsere gemeinsame Wohnung gemacht. Von
dem Strippen haben wir nie wieder gesprochen.
Ich habe es gut verarbeitete und konnte es los
lassen.
In der Woche waren in vielen Möbelgeschäften.
Haben uns Möbel ausgesucht und gekauft. Die

ganze Möbel wird dann in unsere neue Wohnung gebracht. Wir freuen uns schon mega darauf.

Ich kündigte meine Wohnung und Marc seine und wir misteten einfach aus und guckten was wir in unsere gemeinsame Wohnung mit nehmen. Es hat einfach so viel Spaß gemacht mit Marc das alles zu erleben. Ich kann nicht mehr ohne ihn leben.

Rebecca habe ich an dem gleichen Tag benachrichtigt, dass ich und Marc uns wieder vertragen haben. Sie hat sich rießig für uns gefreut.

Wenn wir in die Wohnung einziehen, machen wir eine große Einweihungsparty mit unseren Familien. Ich möchte ein Kinderzimmer einrichten, dass sich meine Neffen und Nichte immer bei uns wohlfühlen und etwas zum Spielen da haben, wenn sie zu besuch da sind.

Einen Monat später bekamen wir unsere Schlüssel von unserer gemeinsamen Wohnung. Wir haben uns riesig darüber gefreut. Wir zogen uns unsere Sportkleidung an und warteten auf das Umzugsunternehmen. Wir zeigten ihnen was sie rüber fahren müssen und fuhren danach zu meiner alten Wohnung, da wir da auch eine Umzugsfirma hinbestellt haben. Danach sind wir in unsere gemeinsame

Wohnung gefahren und warteten auf die LKWs. Der Umzug war in zwei Stunden erledigt. Die ersten Tage hatten wir vor auf Marcs Matratze zu schlafen, bis unsere ganze Möbel geliefert wird. Das war alles so aufregend und schön zu gleich. Unsere erste gemeinsame Wohnung. Das frühere Leben kann ich hinter mir lassen und mich auf uns konzentrieren und unsere zukünftige Familienplanung.

Wir fingen an unser Geschirr auszupacken, als plötzlich es an der Tür klingelte. Es war Rebecca und Matthias. Was ich erst mal nicht verstanden habe, war, dass Rebecca und Matthias

händchenhaltend rein kamen und sehr vertraut wirkten. Wir umarmten uns zur Begrüßung. Rebecca und Matthias lachten und meinten dann, dass sie jetzt zusammen sind und das es etwas richtiges ist. Ich fragte nur:"Und deine Hochzeit und dein Verlobter, was ist mit denen?" „Ich habe mich direkt nach der Party von meinem Verlobten getrennt. Er wollte mich erst mal nicht gehen alles, aber ich habe ihm erklärt, dass die Verliebtheit vorbei ist und ich ihn nicht liebe. Ich habe mich in Marcs Bruder auf seinem Geburtstag verliebt und wir haben die ganze Nacht zusammen verbracht und auch viele Tage danach. Ich bin gestern sogar zu ihm eingezogen." „Das freut mich total für euch." Ich umarmte beide. „Wusstest du das Marc?"

Während ich das fragte, drehte ich mich nach hinten zu Marc um und sah, dass er sich vor mich hin kniete und einen Ring entgegen streckte. Ich erschrak kurz, da ich so etwas gar nicht erwartet habe.

„Meine Schönheit, ich will mit dir mein ganzes Leben verbringen. Ich liebe dich über alles. Ich habe noch nie jemanden so geliebt wie dich. Ich will jede freie Sekunde mit dir verbringen und unser gemeinsames Leben zusammen planen. Carla, Schatz, willst du mich heiraten?"
Mir kamen die Tränen und ich nickte, da ich erst vor lauter Tränen kein Wort rausbringen konnte. Dann sagte ich:"Ja, ja ich will." Marc stand auf und hob mich plötzlich hoch und drehte mich im Kreis herum. Er stellte mich ab und wir küssten uns.

Es waren sehr viele Überraschungen an einem Tag. Das war ein perfekter Antrag.

Marc zog mir den wunderschönen Ring an. Ich finde er hat einen sehr guten Geschmack. Ich bin so glücklich. Ich fühle mich angekommen. Oft muss man einfach abwarten und die Hoffnung nicht aufgeben.